self gardening project

KB191826

나라는 식물을 키워보기로 했다

유해한 것들 속에서 나를 가꾸는 셀프가드닝 프로젝트

글 김은주
그림 워리 라인스

허밍버드

창밖 미세먼지와 눈에 먼지 같은 사람,
피부를 해치는 스트레스와 야근,
나를 아는 혹은 잘 모르는 사람이 주는 뾰족한 상처 말,
예상치 못한 실수와 나 자신에 대한 실망,
일주일 앞을 내다볼 수 없게 만드는
흐린 마음의 기후.

그럴 때일수록 지금 나를 들여다보고 돌보자.
물을 충분히 주고 햇볕을 쪼이자.
시든 잎은 잘라버리고, 마음의 새순을 기다리자.
인생의 대단한 결심 대신 작은 이것을 하자.

유해한 것들에 둘러싸인 일상 속에서
매일 조금씩 더 나은 나를 가꾸는
셀프가드닝의 시작.

'나라는 식물을 키워보기로 했다.'

Contents

Step 1. ————————————————————

씨 뿌리기
나는 어떤 씨앗인지 알아보고 내면의 싹 틔우기

Step 4.

나비와 벌, 별과 조우하기

좋은 관계는 나의 세계를 한 뼘 더 자라게 한다

Step 5.

눈물과 미세먼지 닦아내기

몸과 마음의 먼지를 닦아내고 더 윤기 나는 내가 된다

셀프가드닝 프로젝트   오늘은 나를 가드닝합니다

각 챕터마다, 몰랐던 나를 발견하고 가드닝할 수 있는 셀프가드닝 프로젝트가 실려 있다. 이 프로젝트를 통해 나에 대해 더 잘 알게 되고, 내 안에 씨앗으로 존재하는 더 나은 모습의 나를 싹틔울 준비를 할 수 있을 것이다. 책을 다 읽은 후에는 한 권의 나를 갖게 될 것이다. 셀프가드닝은 혼자 묵묵히 해 나갈 수도 있지만 꼭 이루고 싶은 가드닝 프로젝트가 있다면 #셀프가드닝프로젝트 태그를 달아 SNS에 공유해보자. 때로는 혼자만의 결심보다 공유하고 공표하는 것이 그것을 지속해나갈 원동력이 되기도 한다. 프로젝트 공유를 통해 나와 같은 시대를 살아가는 다른 이들의 가드닝 프로젝트, 일상 주제에 대한 다양한 시선을 살펴볼 수 있고 공감을 느낄 수도 있다. 동시에 다른 누군가의 가드닝 프로젝트로부터 영감과 신선한 자극을 받고, 내가 다른 사람에게 크고 작은 영감을 줄 수도 있다. 셀프가드닝은 매우 개인적인 프로젝트지만 각자 다르고 고유한 모양으로 자라는 식물들이 모여 아름다운 정원을 이루듯, 내가 더 나은 모습의 나를 만날수록 유해한 것들로 가득 차 있는 이 세상 또한 조금 더 나아지고, 훨씬 더 아름다워질 수 있다.

—————————————— #나라는식물을키워보기로했다 #셀프가드닝프로젝트

씨 뿌리기

나는 어떤 씨앗인지 알아보고
내면의 싹 틔우기

셀프 밸런스

나를 사랑하는 것과
이기주의를 헷갈리지 말자.

최선을 다하는 것과
나를 소모하는 것을 구분하자.

나를 사랑하되 타인을 배려하고
최선을 다하되 스스로를 아끼자.

모든 관계에 균형이 필요하듯
나 자신과의 관계에도 균형이 필요하다.

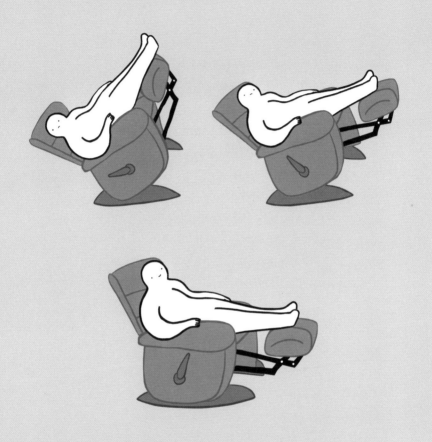

투명망토 사용법

수많은 사람들 중 어떤 사람을 멀리해야 하는지는 간단하다.
바로 내가 나를 사랑하는 데 방해가 되는 사람이다.

내가 스스로 일어서거나, 무언가를 새롭게 시도하거나,
성취하기 위해 노력할 때,
힘을 빼는 말과 행동으로 걱정하는 척
실패하길 바라는 사람이 있다면,
의도했든 의도하지 않았든 나의 어깨를 축 처지게 한다면,
애써 내딛었던 발을 주춤하게 만든다면,
겨우 가다듬었던 목소리를 다시 떨리게 만든다면,
그저 마음의 옷장 속 투명망토를 꺼내 곱게 씌워주자.

다른 말로,
없는 셈 치자.

기억하자.
내가 나를 사랑하는 데,
가장 귀 기울여야 하는 사람은
다른 누군가가 아닌 나 자신이라는 것을.

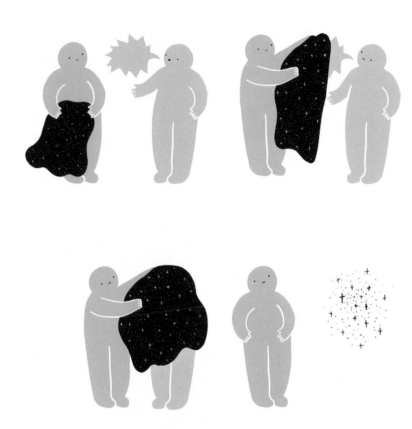

어떤 사람을 멀리해야 하는지는 간단하다.
바로 내가 나를 사랑하는 데 방해가 되는 사람이다.

식물의 힘 _feat. 기원전 2333년의 레시피

호랑이 기운이 솟아나는 것이 아니라
호랑이처럼 자꾸 화가 난다면
육식 대신 며칠간 채식을 시도해보자.
오감으로 식물을 즐겨보자.

곰을 인간으로 변화시킨
단군 신화의 레시피에서
채식의 힘을 엿볼 수 있듯,

샐러드와 과채 주스, 나물 반찬은 공격성을 잠재우고
내 안의 온순한 자아를 발견하게 하며,
가벼운 몸과 마음을 완성해줄 것이다.

혼술 다음 날엔 술의 열을 내려주는 찬 성질의 오이 생즙을,
상사에게 싫은 소리를 들은 날엔
신경 안정을 도와주는 양상추 샐러드를,
친구와 폭풍 카톡 수다를 떤 날에는 눈에 좋은 주황 당근을,
연인과 다퉈 우울한 날에는 도파민을 생성하는 시금치나물을,
그리고 거울 속 내가 마음에 들도록
피부에 좋은 익힌 토마토 주스를.

식물에는 신선한, 또한 신성한 힘이 있다.
육식은 기운을 솟게 하고
채식은 기운을 다스려준다.

더 나은 사람이 되기로 결심했다면,
먼저 더 나은 식단으로 시작해보라.
식물의 힘을 빌려보라.

오늘의 새로운 나는
매일의 새로운 식단에서 시작되기도 하는 법이다.

식물의 힘

프랑스 전설적인 요리사 장 앙텔름 브리야 사바랭은 "무엇을 먹는지 알려주면, 당신이 어떤 사람인지 말씀드리죠"라고 말했다. 내가 먹은 것들은 나의 몸과 정신을 구성한다. 그렇다면 나는 내 몸과 마음에 충분히 좋은 음식을 먹고 있을까? 요즘 부쩍 기분이 안 좋고 쉽게 피로해졌다면 당신이 먹은 음식 때문일 수도 있다. 최근 일주일간 나의 식단을 적어보고 나에게 나쁜 식단을 상쾌한 기분의 나, 좋은 컨디션의 나로 변화시킬 수 있는 신선한 식단으로 바꾸어보자. 방울토마토 몇 개, 견과류 몇 알 또는 조금 더 많은 수분 섭취부터 시작해도 좋다. 결심한 식단으로 100% 바꿀 수는 없어도 조금씩 실천해 나간다면 분명한 변화를 느낄 수 있을 것이다. 더불어 내가 내 몸을 위해 무언가를 했다는 사실이 성취감을 맛보게 해줄 것이다.

🌱 지난 일주일간 내가 먹은 음식들의 기록(놀라지 말 것) 지금까지의 식단

월	화	수	목	금	토	일

🌱 나의 식단에서 **빼거나 추가하고 싶은** 음식들의 기록 지금부터의 식단

빼거나 줄여야 할 음식

부족해서 넣어야 할 영양소나 음식

한 조각의 케이크 & 여유

내가 좋아하는 것을 하는 것만으로도,
나라는 꽃을 피울 수 있다.

그러나 내가 좋아하는 것은 여유 시간에 할 수 없다.
현대인에게 여유란 쉽게 가질 수 없는
한정판 시계 같으므로.

그렇다면 여유의 개념을 조금 바꾸자.
소중한 사람의 케이크 조각을 미리 떼어놓듯
하루 혹은 일주일 시간의 일부 조각을
내가 좋아하는 것을 하기 위해 미리 떼어놓을 것.
나를 위한 온전한 시간을 마련할 것.

여유는 생기는 것이 아니라 챙기는 것이다.

여유는 생기는 것이 아니라
챙기는 것이다.

밤의 감정, 아침의 점검

아침은 어제의 일에 대한 여러 감정이 이성적으로 정리되고,
오늘의 새로운 에너지가 만나는 지점이다.

그러므로 매일 아침 일어나 처음 드는 생각이 대부분
당신을 기분 좋게 한다면 인생은 바로 가고 있는 것이다.
그렇지 않다면 인생을 한 번쯤 돌아보고 점검해도 좋다.

반대로, 밤은 발상이 자유로워지는 시간이기도 하지만
동시에 미련, 후회, 슬픔, 우울이
노크 없이 제멋대로 찾아오는 감정적인 시간대이기도 하다.
늑대 인간이 밤에만 늑대로 변하는 것도 같은 맥락일지 모른다.

이 밤에 나는 큰 실수를 저질렀고, 내 인생은 망했고,
세상은 끝났다는 생각이 든다면,
당신의 할 일은 편안한 면 티셔츠를 입고
빨리 잠자리에 드는 것이다.
가장 위험한 짓은 순간의 그 감정을 누군가에게
문자나 말로 전하는 것이다.

다음 날 아침, 그것들이 별것 아니었고
무엇보다 나에게는 문제를 해결할 힘과 의지가 있다는 것을

낮 동안의 슬픔

밤 동안의 슬픔

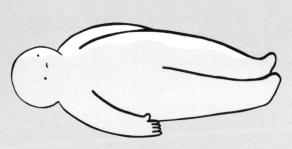

깨닫게 될 것이다(그런 날의 아침밥은 맛있고 든든한 것으로 준비하자).

나라는 한 사람은
어떤 시간과 어떤 상황 속에서 전혀 다른 사람이 되기도 한다.
예상치 못했던 내 모습에 당황하기도 한다.

그럴 땐 스스로에게 좀 더 너그러워져야 한다.
나의 여러 가지 모습 또한 이해해주고 보듬어주고 받아들이자.
내가 알던 나, 내 마음에 드는 내가 나타날 때까지 기다려주자.

밤의 내가 지나가면 아침의 내가 반드시 떠오를 테니.

나의 여러 가지 모습 또한
이해해주고 보듬어주고 받아들이자.

아침의 기록

아침 점검을 통해 요즘 나의 일상을 들여다보자. 가끔 다른 길로 벗어날 때가 있겠지만, 그래도 내가 원하는 방향으로 조금씩 나아가고 있을까? 오늘 아침, 처음 들었던 나의 생각은 무엇이고 기분은 어떠했나? 해가 가볍게 솟아올라 있어도 왠지 무거운 마음이 든다면 일상의 조정, 어떤 문제의 해결이 필요한 상황인지도 모른다. 혹은 시간이 해결해줄 일이라면 마음을 더 편하게 가져보자.

DATE	아침 기록
/	
/	
/	
/	
/	
/	
/	

꽃의 말을 듣는 하루

월요일은 나를 프리지아처럼 대하자.
꽃말은 '당신의 시작을 응원합니다'
화요일은 아이리스처럼 설레자.
꽃말은 '기쁜 소식'
수요일은 카모밀레처럼 견디자.
꽃말은 '역경에 굴하지 않는 강인함'
목요일은 봉선화 같은 나와 타인을 이해하자.
꽃말은 '날 건드리지 마세요'
금요일은 마리골드처럼 기대하자.
꽃말은 '반드시 오고야 말 행복'
토요일은 분홍 안개꽃처럼 누리자.
꽃말은 '행복과 기쁨의 순간'
일요일은 산책길에서 야생화를 발견해보자.
꽃말은 '친숙한 자연'

당신의 일주일이 꽃 같기를.
다채로운 색과 향기로 가득하기를.

다른 사람의 말을 들을 마음의 여유가 없을 때는
꽃을 가까이 하고, 꽃의 말을 들어보자.
그러기 위해 가끔 나에게 꽃 한 송이 혹은 한 다발을 선물하자.

귀로 듣지 않아도
눈에서 마음으로 전해지는
생기와 기운과 위로를 얻을 수 있을 것이다.

나를 알되 나를 규정하지 않기

자신이 성급한 편이라는 것은 알고 있되
성급한 사람이라 규정하지 않기.
자신이 수줍은 편이라는 것은 알고 있되
수줍은 사람이라 규정하지 않기.

스스로에 대해 알고 있다면
예상 가능한 내 모습에 대처할 수 있고
스스로를 규정하지 않는다면
한계가 되는 틀에서 벗어나기 쉽다.

나를 잘 알고 있되
나의 다른 모습에 대한 가능성 또한 열어두자.

그렇게, 더 나은 자신을 만들어갈 수 있다.

나를 잘 알고 있되
나의 다른 모습에 대한 가능성 또한 열어두자.

상처를 받는다는 것은
타인이 불편하게 마음을 차지하고 있다는 뜻이다.

하고 싶은 말, 듣고 싶은 말, 풀고 싶은 오해,
혹은 아쉬움이 남아 있다는 뜻이다.
상처를 치유하는 방법은 간단하다.
그 사람을 이기려고도, 욕하려고도, 옳고 그름을 가리려고도,
오해를 풀려고도, 인정이나 사과를 받으려고도,
혹은 사랑을 받으려고도, 미움을 주려고도 할 필요 없다.
그저 당신의 마음으로부터 밀어내면 된다.

모든 일을 매듭지을 필요는 없다.
당신의 마음이 편해진다면 그것이 가장 잘 지어진 매듭이다.

마.상.
'마음의 상처'를 뜻하는, 통용되는 줄임말.

당신의 마음이 편해진다면
그것이 가장 잘 지어진 매듭이다.

나만의 장소 지도

남에게 보여주고 싶은 나는
내가 입는 옷에서 드러나지만,
드러나지 않지만 진짜인 내 모습은
내가 자주 가는 장소에서 드러난다.

도서관, 근처 호수, 핫한 카페, 친구 집, 앞산 공원, 클럽,
대형 마트, 편의점, SPA 브랜드 매장, 서점, 여행지,
빈티지 소품 가게, 그리고 집

요즘 내가 자주 가는 장소
요즘 내가 편안함을 느끼는 장소
요즘 내가 벗어나고 싶은 장소
요즘 내가 떠나고 싶은 장소는 어디일까?

나만의 지도를 만들어보면
요즘 나의 일상, 욕망, 결핍, 취미, 꿈 등을 알게 된다.

나도 몰랐던 나 자신을 더 잘 알게 된다.
나만의 '그 장소'는 어디일까?

PLACES

I'D

RATHER

BE

내가 가고 싶은 장소들

3

나만의 장소 지도 만들기

내가 자주 가는 장소는 ●, 내가 편안함을 느끼는 장소는 ◆, 내가 벗어나고 싶은 장소는 ▲, 내가 언젠가 떠나고 싶은 장소는 ■ 옆에 적어보자.

그리고 그 장소에 대한 나만의 짧은 코멘트도 달아보자. 요즘 나의 욕망, 결핍, 취미 등 나 자신을 더 잘 알 수 있다. 의외의 내 모습, 내가 정말 좋아하는 것과 정반대의 것, 지금 내게 부족하거나 더 필요한 것, 요즘 기쁘거나 힘든 이유, 바꾸고픈 혹은 바라는 내 모습 등, 나에 대해 몰랐던 여러 가지를 나만의 장소 지도에서 발견해낼 수 있다.

● 자주 가는 장소
◆ 편안함을 느끼는 장소
▲ 벗어나고 싶은 장소
■ 언젠가 떠나고 싶은 장소

펼치기 전까지는 그 크기를 모른다.
지도도, 재능도.

화병 같은 사람

꽃이 되려는 사람은 많다.
아름답고 싶고, 향기롭고 싶고, 주목받고 싶은.
꽃은 아름다워도 홀로 꽃이다.

그렇다면 나는 화병 같은 사람이 되어보자.
꽃 같은 사람들을 한 아름 품는 사람.
너는 이런 점이 어여쁘고,
너는 이런 점이 향기롭고,
너는 이런 점이 싱그럽다 알아보는 사람.
다른 사람 안에서 예쁜 꽃 같은 면들을 발견하는 사람.

화병에 온갖 예쁜 꽃을 모아 꽂듯이,
화병 같은 사람에게 꽃 같은 사람들이 모인다.

화병에는 향기가 없지만
그래서 늘 싱그러운 향기가 난다.

CLOSED-MINDED

닫힌 마음

NARROW-MINDED

좁은 마음

BROAD-MINDED

넓은 마음

OPEN-MINDED

열린 마음

오늘 기분이 어때요?

36.6℃ 09:10AM J타워
36.3℃ 12:05PM 김밥나라
37.0℃ 12:45PM 회사 옆 커피숍
36.0℃ 07:50PM 동네서점

하루에도 몇 번씩 체온을 재면서
매 순간 나의 체온이 다르다는 것을 알게 되었다.

나의 기분도 체온과 마찬가지.
순간순간 기분은 변하고, 모든 다른 체온의 내가 나이듯,
모든 다른 기분의 나도 나다.

변덕스럽다는 말,
예민하다는 말,
이런 말들은
어쩌면 이토록 복잡하고 섬세한, 그래서 아름다운 인간에 대한
이해와 공감이 빠진 말들일 것이다.

그날의 날씨에 맞는
옷과 신발과, 카디건과 우산을 준비하기 위해 창밖을 내다보듯,
그날의 나의 기분을 들여다보자.

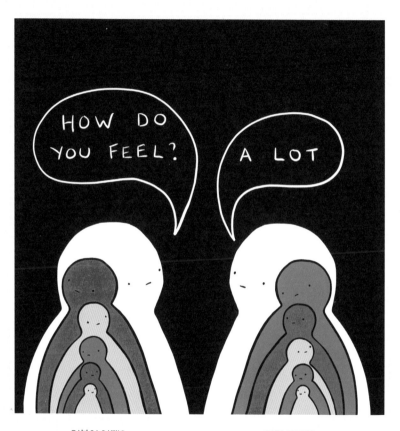

기분이 어때?   여러 가지야.

그리고 그 기분을 충분히 알아주고 껴안아주자.

"잘 지냈어요? 오늘 어때요?"
남에게 안부를 물었다면 나에게도 안부를 물어보자.

그럴 때 한 가지가 아닌
여러 가지 복잡한 기분이 든다면

예를 들어,
혼자 아메리카노를 더블샷으로 마시고 싶으면서도
다른 이들과 함께 수다를 떨고 싶다면,
위로받고 싶지만 한편 그 마음을 들키고 싶지 않다면,
그런 복잡한 기분의 나도
나의 모습으로 받아들이고 이해할 수 있기를.

4

셀프가드닝 프로젝트

기분 기록

습관처럼 혹은 업무 때문에 다른 사람의 기분을 너무 배려하느라 지쳤다면 나에게 관심을 가질 타이밍이다. 나의 기분을 들여다보고 기록해보자. 기록은 어떤 형식이어도 좋다. 글이어도 좋고, 그림이어도 좋다. 글이라면 짧은 문장이나 떠오르는 노랫말도 좋다. 그림이라면 사실화여도 추상화여도, 단순한 낙서여도 좋다. 일기를 쓰면 하루가 정리되듯 기분을 기록하면서 온전히 나에게 집중하는 시간을 갖자. 나의 기분은 이해받고 존중받으며, 그로 인해 무겁고 부정적인 기분은 해소되고 좀 더 가벼운 기분의 내가 될 수 있을 것이다.

DATE_____ / _____ PM/ AM

Smile   Angry   SoSo   Bad

가드닝, 셀프가드닝

세심하게 관리를 못 해도
생명력이 강해 잘 자라는 공기 정화 식물은 다음과 같다.
작지만 풍성한 잎으로 포름알데히드를 제거해주는 보스턴고사리,
잎에서 수분을 뿜어내 습도 조절 능력이 뛰어난 아레카야자,
추위에서도 잘 자라고 암모니아를 제거해주는 관음죽,
넓고 두꺼운 잎으로 미세먼지,
일산화탄소를 제거해주는 인도고무나무.●

내 마음의 베란다에도
쉽게 키울 수 있지만 마음의 공기를 정화해주는
보스턴고사리, 아레카야자, 관음죽, 인도고무나무와 같은
식물을 들여보자.

보스턴고사리는 아마도 나쁜 기운을 비워내는 요가,
아레카야자는 촉촉하게 마음을 적셔주는 음악,
관음죽은 상쾌한 향만을 남겨주는 샤워,
고무나무는 한 줄 한 줄 읽다 보면
마음의 미세먼지를 제거해주는 책,
혹은 내게 필요한 다른 모든 것들이 될 수 있다.

잎들의 호흡으로, 적절한 습도 조절로,

내 마음의 베란다에도 식물을 들여보자.

뿌리 속 미생물의 부지런한 움직임으로
깨끗하고 촉촉한 공기를 만들 듯,
운동의 날숨과 들숨으로, 적절한 음악의 볼륨으로,
한 장 한 장 책장을 넘기는 섬세한 움직임으로
마음속 나쁜 말과 기운을 깨끗하게 정화할 수 있다.

동시에 진짜 이 식물들을
우리 집 거실에 들여 키워보는 것도
몸과 마음을 가꾸는 가드닝 방법 중 하나일 것이다.

●
미국 항공 우주국 나사에서 우주 정거장에
거주하는 우주인들의 생활 환경 개선을 위해
공기 정화 식물 연구를 하였는데 아레카야자,
관음죽, 인도고무나무가 각각 1, 2, 4순위 공
기 정화 식물이었다.

내 몸을 사랑하지 않고서는 나를 온전히 사랑할 수 없다

아무리 나를 꾸미고, 칭찬해주고,
내가 좋아하는 일을 하더라도,
내 몸을 사랑하지 않는다면 나에 대한 온전한 사랑이 될 수 없다.

나의 겉을 꾸며도 나의 속을 신경 쓰지 않는다면,
마음을 바로 잡아도 구부정한 자세를 바로 잡지 않는다면,
마음 맞는 사람을 만나도 몸에 맞는 음식을 만나지 않는다면,
좋아하는 일에 모든 에너지를 쏟느라 나를 챙기기를 잊는다면,
에너지는 쉽게 사라지고,
감정 기복은 심해지고,
어느 순간, 허무함이 찾아올 수도 있다.

가볍지만 챙겨 먹는 아침은,
틈틈이 마시고 먹는 물과 과일은,
일주일에 몇 번 달리거나 자전거 타기와 같은 규칙적인 운동은,
스마트폰 없이 아무것도 하지 않아도 되는 무념무상 잠깐의 휴식은,
내 몸, 그래서 내 마음에 주는 고마운 선물이다.

어려운 일을 해내고 나면 내가 갖고 싶었던 선물을 스스로에게 주듯
매일의 작은 어려움을 지나야 하는 나이기에,
어떠한 기념일이 아니어도 내 몸에게 줄 작은 선물을 챙기자.

내 몸 사랑하기를 잊지 말자.
그것이 나를 더 오래도록,
또한 온전히 사랑할 수 있는 방법이므로.

내 몸을 사랑하기 위한 생활 속 가드닝

내 몸을 사랑하기 위해 하고 있는, 또는 계획하고 있는 셀프가드닝에는 어떤 것이 있을까? 자외선 차단제 잘 바르기, 마스크팩 자주 하기, 걷기나 근력 운동하기, 하루 한 알 토마토 챙기기, 짜고 매운 것 덜 먹고 물 많이 마시기, 마그네슘이나 비타민 챙겨 먹기, 야식 줄이기, 화 덜 내기, 명상하기…. 가끔 스트레스 받을 때는 멈추고 싶은 유혹에 빠지기도 하지만 내 몸을 사랑하기 위한 일상 속 셀프가드닝을 지속해 나가자. 특별하지 않아도 꾸준하면 좋은 나만의 셀프가드닝 비법들을 적어보자. 바쁜 일상 때문에 가드닝을 잊어버렸다면 다시금 계획을 세워 하나씩 지켜 나갈 수 있기를.

셀프가드닝 1.

셀프가드닝 2.

셀프가드닝 3.

셀프가드닝 4.

인생의 가장 적당한 높이

나를 낮추어 나보다 약한 사람이
목마를 탈 수 있도록 하되,
나를 낮추어 나보다 강한 사람이
밟고 지나가게 하지는 말라.

겸손하되 당당한 사람이 되는 것,
그것이 인생의 가장 적당한 높이이다.

울기에 가장 안전한 장소

눈물을 삼킬 때, 뜨거운 것이 내 목으로 올라온다.
그것은 달구어진 내 심장 같기도 하고,
내 감정을 표현할 논리나 내 상황을 설득할 의지를 잃어버릴 때
참았던 말들의 덩어리 같기도 하다.

내가 흔들린다는 것이 약점이 될 수 있는
약육강식의 일터에서,
감정을 드러내고 싶지 않은, 내 감정에 별 신경 쓰지 않을
지인이라 불리는 타인들 앞에서,
가까워지고 있지만 아직 내 감정을 부담스러워할
적당히 친한 친구들 앞에서,

내 감정이 조금이라도,
내 몸 밖으로 새어 나오지 않도록,
그들이 눈치채지 못하도록
눈물과 울음을 단속한다.

대신 나는 울기에 가장 안전하고도 편안한 장소를 선택한다.
피곤할 때 잠깐 눈을 붙이기도 했던 회사 화장실 넷째 칸,
인적이 드문 버스 정류장 혹은 직행버스의 뒷좌석,
인간의 울음소리에 상관하지 않고

평화로이 먹이를 찾는 비둘기들이 있는 넓고 황량한 공원,
경적의 데시벨이 내 흐느낌의 데시벨보다 높기에
소리 높여 울어도 되는 도로 갓길,
내가 울었다는 사실을 누설하지 않을
입 무거운 나만의 물건들이 있는 방,

눈에 잘 띄는

화장실 표시, 에스컬레이터 표시, 비상구 표시와 반대로
그 어떤 표시가 없기에 들킬 일 없는,
혼자 울기 적당한 안전한 장소.
그러한 장소는 한 골목 지나 한 골목마다 있는,
북적이는 커피숍보다
때로 우리에게 절실하다.

그곳에 당도했을 때,
참았던 나의 말들은, 감정은
응어리져 하나의 큰 울음소리와 몇 줄기의 눈물로 새어 나온다.
그것들을 쏟아내고 나면
잠시나마 머릿속과 마음속은 텅 빈다.
어지럽게 쌓였던 감정, 말들은 때로
분류하고, 차곡차곡 쌓아 정리하기보다
그렇게 눈물과 울음으로 한 번에 비워냄으로써 더 쉽게 정리된다.

그래서 우리에게는 울기에 적당하고도 안전한 장소가 필요하다.
모든 것을 쏟아낸 후 감정의 무소유를 경험할 수 있는 곳.
나는 그곳에서 빈 방이 된다.
텅 빈 방이 아닌
이제 내가 원하는 언어와 감정과 생각과 의지로 다시 채울 수 있는,
깨끗한 빈 방.

울기에 가장 적당한 장소에서 나는
내 마음속 가장 정리된 장소를 발견하게 된다.

울기에 가장 안전한 장소

지금까지 내가 울었던 가장 안전한 장소는 어디일까? 그 장소에서 고인 눈물을 모두 비워내고 내가 원하는 언어와 감정과 생각과 의지로 다시 채울 수 있는 깨끗한 빈 방이 되자.

나르시시즘이라는 프리즘

휴대폰 속에 마음에 드는 셀카 몇 장쯤 있다.
운동을 막 끝낸 후 거울에 비친 내 모습,
화장을 막 끝낸 후 혹은 샤워를 막 끝낸 후의 내 모습,
회사에서 중요한 일을 앞두고 스스로 최면을 거는 내 모습,
일에 집중하다 문득 깨닫는,
마음에 드는 몇 가지 내 모습들이 있다.

그 순간 나는 나와 사랑에 빠진다.
우리가 자주 마주치는 다른 누군가와 사랑에 빠질 확률이 높듯,
매일 마주치는 나 자신과 사랑에 빠지는 것 또한 흔한 일이다.
타인이 찍은 모습보다
내가 찍은 셀카가 잘 나올 수밖에 없는 이유는,
무수히 긴 시간 동안
나 자신을 관찰하고 나의 아름다움을 발견해온,
나를 가장 잘 알고 사랑하는 사람,
'바로 나 자신'이 찍었기 때문이다.

셀카 사진처럼,
다른 사람은 모르는, 몰라도 상관없는,
어쩌면 낯설다 느낄 수도 있는
나만 발견할 수 있는,

해체하지 않는 팬클럽이 되자.
내가 나의 첫 번째이자 또한 마지막 사랑이 되자.

내 마음에 드는 아름다운 외면과 내면의 모습들.

그런 멋진 나를 발견하는 나르시시즘은
나의 잠재력을 일깨우는 능력이기도 하다.
나르시시즘은 나를 사랑하게 하고
마음에 드는 내 모습을 기억하게 하고,
그로 인해 더 나은 모습의 나를 만들어갈 생기와 힘을 준다.
나르시시즘이라는 프리즘으로 나를 들여다보면
내 안에 있는 무한한 가능성과 아름다움을 발견해낼 수 있다.

어느 날 문득 더 이상 나르시시즘이 들지 않는다면,
그때는 그 이유를 알아내고 나를 좀 더 따뜻하게 대해보자.
너무 완벽해지려고 한 건 아닐까?
남과 자꾸 비교하고 있지는 않은가?
사실은 별것 아닌 무엇인가에 크게 집착하고 있지는 않는 걸까?
남을 너무 배려하느라 나를 버려두고 홀대했던 것은 아닐까?

중요한 것은 나 자신이며
그래서 다시 나를 사랑할 기운이 돌 수 있도록
보드랍고 온화한 마음을 가지자.
뭉친 긴장감으로 대나무 줄기같이 단단해진 몸과 기분이 아닌
아스파라거스● 잎같이
폭신하고 몽글한 몸과 기분이 되도록 노력하자.
내가 아름답고 멋졌던 순간, 크고 작은 성취를 이루었던 순간,
그런 성취 없이도 행복했던 순간을,

또 내가 누군가를 행복하게 만들었던 순간을 기억해내자.

완벽주의자의 눈이 아닌, 막 사랑에 빠진 애인의 눈으로,
세 살 아이 엄마의 눈으로,
매우 주관적이면서도, 무한한 신뢰와 지지의 눈으로
나를 바라보자.

내가 아름다울 때는 나를 사랑하기 쉽다.
작은 실수나 큰 실패를 했을 때에도,
끊임없이 나의 새로운 아름다움을 발견하는
나르시시즘을 간직하기를.

해체하지 않는 팬클럽이 되자.
내가 나의 첫 번째이자 또한 마지막 사랑이 되자.
나를 사랑할 힘도,
결국 나를 사랑하는 마음에서 나오므로.

매일 아침 거울을 보듯,
나를 아름답게 바라보는
나르시시즘이라는 프리즘을 가볍게 꺼내
종종 나를 비추어볼 수 있기를.

아스파라거스는 전 세계 300여 종이 있다. 그
중 반려식물로 키우기 위해 개량된 아스파라
거스 세타세우스Asparagus Setaceus는 섬세하
고 부드러운 잎들이 자라난다.

셀프가드닝 프로젝트

나르시시즘이라는 프리즘으로 바라보기

나르시시즘이라는 프리즘으로 바라본, 마음에 드는 내 모습들에 대해 적어 보자. 외면의 아름다운 모습도 내면의 아름다운 모습도 모두 좋다. 그런 모습을 기억하고 되새기는 것만으로 다시금 생기와 힘을 얻을 수 있을 것이다.

🌿 내 마음에 드는, 나만 발견할 수 있는 일곱 가지 아름다운 나의 모습
   (물론 열일곱 가지가 되어도 좋다)

💗 1

💗 2

💗 3

💗 4

💗 5

💗 6

💗 7

당신에게 하고픈 인사

좋은 나날 되세요, 는 언제 볼지 모를 인사 같고,
좋은 계절 되세요, 는 다음 계절에 볼 인사 같고,
좋은 하루 되세요, 는 내일 만날 인사 같다.

그렇다면 나는 당신에게
좋은 순간 되세요, 라고 말하고 싶다.

돌아서면 다음 순간 또 보고 싶어질 것이므로.
늘 보고 싶은 당신의 순간순간이
자주 아름다울 수 있기를 바라므로.

한 손에는 커피를, 다른 한 손에는 나침반을

내가 나를 충분히 좋아하지 않으면
남이 나를 좋아해주기를 바라게 된다.

내가 나를 충분히 좋아하면,
남이 나를 보는 시선에 별 신경 쓰지 않게 된다.

자꾸만 남의 시선이 신경 쓰인다면
누구보다 가장 먼저 나를 충분히 들여다보고,
내가 좋아할 만한 내 모습들을 찾아 칭찬해주자.
남을 쉽게 칭찬하듯 나를 칭찬하자.

거울을 볼 때 조금 짧은 목라인뿐 아니라
매끄러운 피부를 칭찬해주자.
얼굴의 뾰루지뿐 아니라 깊은 눈매도 들여다보자.
하루를 돌아볼 때 넘어졌다는 사실뿐 아니라
다시 일어섰다는 사실에 큰 박수를 쳐주자.
실수로 말을 내뱉었으나 적절한 침묵도 지켰음을 기억하자.

혹여 스스로 마음에 드는 점을 발견할 수 없더라도, 실망하지 말고
내가 내 마음에 들 수 있는 노력을 해보자.
나를 좋아하기 위해 나를 돌보고 가꾸자.

다른 사람의 마음에 들기 위해서도 갖은 애를 쓰지 않는가?

산책, 수다, 오늘의 요리와 같은 행복을 누림과 동시에
내일의 꿈을 위해 인내하기도, 지속하기도 해보자.
한 손에는 커피를, 다른 한 손에는 나침반을 들자.
그리고 계속 걸어가자.
내가 나를 좋아할 수 있는 방향으로 조금씩 나아가자.

나 자신을 가장 멋지게 만드는 일의 시작은
나를 더 좋아해주는 것이다.
나를 충분히 좋아한다면,
멋지지 않은 내 모습도 사랑할 수 있게 될 것이다.
그렇게 더 나은 내가 되어가는 것이다.

적당한 물 주기

인생이 버거울 때는
커다란 결정이 아닌 매일의 작은 실천을

좋아하는 것과 집착하는 것

당신이 무언가에 얽매이게 되는 순간
세 가지를 잃어버리게 된다.
첫째, 자유와
둘째, 순수한 즐거움과
셋째, 자기 자신이다.

그래서 좋아하는 것과 집착을 구분해야 한다.
눈 오는 날을 좋아하지만 그것에 집착하지 않기에
눈 오는 날은 즐겁고
눈이 오지 않는 날도 괴롭지 않은 것처럼,
언제까지나 순수한 마음으로 기다리고, 또 즐길 수 있는 것처럼.

내가 좋아하는 일이나 취미, 좋아하는 사람을 대할 때도
조금 더 그러해야 한다.
자유와, 순수한 즐거움, 자기 자신을 지키면서,
내가 좋아하는 대상을 존중하면서,
지구와 달처럼 멀어지고 가까워짐을 이해하면서
좋아할 수 있어야 한다.

바다 풍경이 좋다고 바다 속에 잠수할 필요는 없는 법이다.

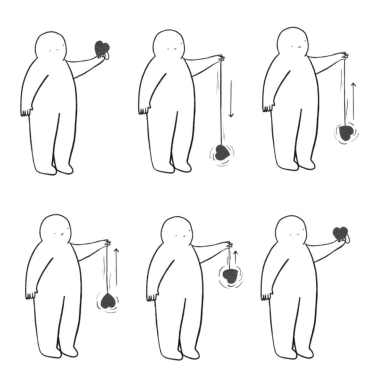

내가 좋아하는 대상을 존중하면서,
지구와 달처럼 멀어지고 가까워짐을 이해하면서
좋아할 수 있어야 한다.

시간을 낭비하자.

딱 좋은 온도의 욕조에 몸을 담그고 삼십 분 동안 시간을 낭비하자. 일요일 아침잠에서 깼다가 다시 잠에 들며 시간을 낭비하자. 손이 느린 카페 주인장의 핸드드립 커피를 기다리며 시간을 낭비하자. 내일 녹을 눈사람을 만들며 시간을 낭비하자. 망친 쿠키, 다음의 다시 굽는 쿠키에 시간을 낭비하자. 그렸다 지웠다, 다시 그렸다 지웠다 취미로 그리는 그림에 시간을 낭비하자. 사십 장쯤 찍고 다시 스무 장쯤 더 찍는 셀카에 시간을 낭비하자.

아무것도 하지 않고 아무 생각 없이 뭉게구름 아래 뭉그적대며 시간을 낭비하자. 연인과 통화하며 같은 골목길을 몇 바퀴째 빙빙 걸으며 시간을 낭비하자. 네일이 다 마를 때까지, 얼굴에 팩이 완전히 흡수될 때까지 시간을 낭비하자. 북풍인지 동풍인지 어느 쪽에서 오는 바람인지 맞추기를 하며 시간을 낭비하자. 마지막 불꽃놀이를 기다리며 시간을 낭비하자. 더 크고 더 오래가는 비눗방울을 만들 수 있는 물과 비누의 비율을 알아내며 시간을 낭비하자.

털실로 고양이와 놀며 시간을 낭비하자. 느리게 가는 달팽이를 느리게 관찰하며 시간을 낭비하자. 밀란 쿤데라의 책 도입부 몇 장을 채 못 읽고 졸면서 시간을 낭비하자. 서른다섯 번째 물구나무서기에 도

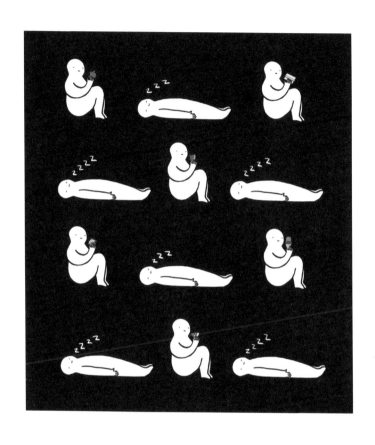

손이 느린 카페 주인장의
핸드드립 커피를 기다리며 시간을 낭비하자.
내일 녹을 눈사람을 만들며 시간을 낭비하자.

전하며 시간을 낭비하자. 사진이 환상적으로 찍히는 매직 아워가 될 때까지 호수에서 시간을 낭비하자. 소파에 누워 같은 노래를 몇 십 번 반복해 들으며 시간을 낭비하자.

낭만적으로, 창의적으로, 실험적으로, 의도적으로, 독립적으로, 비논리적으로, 인간적으로, 식물적으로, 개나 고양이적으로, 팬더나 나무늘보적으로, 본능적으로, 예술적으로, 열정적으로, 또한 가장 게으르게, 시간을 낭비하자.

다양한 방식으로 다만 다른 사람의 방식이 아닌, 온전히 내가 좋아하는 방식으로 틈틈이 시간을 낭비하자.

나도 모르게 일 분 일 초 아끼는 데 익숙해져 시간의 스크루지가 되어버린 우리는 텅 빈 여백의 시간 앞에서 종종 당황하거나 초조해한다. 시간을 낭비하는 것은 인생을 낭비하는 것이 아니다. 어쩌면 우리에게는 낭비할 시간이 더 필요하다.

그러한 시간들 후에 좀 더 비워지거나 반대로 채워진, 더 부드럽고 더 자주 웃는 나, 더 기발해지고 더 생기 넘치는 나, 예상외의 나, 다른 말로 나다운 나를 만날 수 있을 테니 더 마음에 드는 나를 만날 수 있을 테니.

시간을 낭비하자. 나에게 조금만 더, 내 마음대로 요리할 날것 그대로의 시간을 주자.

틈틈이 시간 플렉스Flex

시간을 낭비하고 싶은 일들의 목록을 작성해보세요. 사소한 일, 생산성 없는 일, 중요하지 않아 보이는 일일수록 좋습니다. 다만 다른 사람이 아닌 내가 선택한 방법으로 틈틈이 혹은 하루 종일 시간을 낭비해보세요. 우리가 가끔 잊는 사실, 시간의 여백은 여백으로 남겨도 됩니다.

❀ **재료**　틈틈이(또는 충분한 시간)
❀ **방법**　내 마음대로

시간을 낭비하고 싶은 일 리스트
(낭비 후에는 체크해주세요)

☐

☐

☐

☐

☐

☐

☐

정리하기, 씻기, 달리기

마음을 정리하기 힘들 때 당신이 할 수 있는 것은
방을 정리하는 것,
감정을 씻어내기 버거울 때 당신이 할 수 있는 것은
몸을 씻어내는 것,
나쁜 생각으로부터 도망치기 힘들 때
당신이 할 수 있는 것은
지금의 장소로부터 다른 곳으로 힘껏 내달리는 것.

사물과 나, 내 몸과 나, 세계와 정신은 연결되어 있다.
때로는 아주 사소해 보이는 물리적인 사물과 나의 습관,
주변의 환경을 컨트롤함으로써
눈에 보이는 작은 변화를 만들어냄으로써
눈에 보이지 않지만 당신을 통째로 사로잡고 있는
복잡한 마음과 부정적 생각들을
컨트롤할 수 있는 가능성을 갖게 된다.

어떤 방법을 써야 할지도 모르는
크고 작은 감정의 문제에 봉착했다면
일단 방을 정리하고, 몸을 씻고, 달리기를 해보자.
혹은 방을 정리하고, 달리기를 하고, 몸을 씻든,
순서는 관계없다.

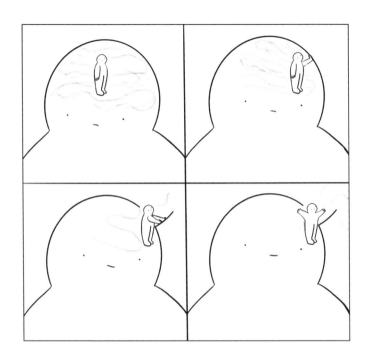

사물의 정리, 몸의 정화, 장소의 변화로
일어나는 마음의 환기換氣.
그로부터 내가 새로이 숨쉬고, 나를 새로이 채울
깨끗한 마음의 공기와 공간을 마련할 수 있게 된다.

당신은 더 깨끗하게 비워질 것이다.

계획대로 되지 않는다. 숙제는 언제나 밀린다.
일기 쓰기처럼 중간에 포기하는 무언가가 생긴다.
외할머니처럼 늘 나를 기다리는 누군가가 있다는 것을 알게 된다.
기다림 후의 만남은 참 따뜻하다는 것 또한 깨닫게 된다.
사슴풍뎅이 뿔 만지기 같은 크고 작은 모험을 감행한다.
모험의 결과와 관계없이 모험을 떠난 만큼 자란다.
햇볕에 그을릴수록 행복해진다. 낯선 곳에서 낯선 이를 만난다.
대부분은 이름조차 잊겠지만
그중 몇 명과는 영원히 기억되는 추억을 만든다.
힘들었던 어떤 경험도 돌아보면 추억에 속하게 된다.
방학이 끝나갈수록 개학 날은 더 빨리 다가오는 것 같다.
더 많은 매미를 잡아볼걸, 더 많은 물장구를 칠걸,
해야 하는 일보다 하고 싶은 걸 더 많이 해볼걸 후회한다.

다행히 여름방학이 끝난 어른도 삶은 끝나지 않았다.

그러니
숙제는 여전히 밀리더라도 일기 쓰기는 중간에 포기하더라도
하고 싶은 일은 지금부터 더 늦기 전에 용기 내어.

그것이 삶과 여름방학의 차이점이다.

버킷 리스트 말고 재킷 리스트 Jacket List

여름 방학은 지나가도 삶은 언제나 한창이다. 지금 이 계절이 가기 전에, 더 늦기 전에, 내가 시작하고 싶은 일들의 리스트는 무엇일까? 왜 하고 싶은 일의 데드라인이 죽음이어야 하는가? 버킷 리스트 말고 재킷 리스트를 작성해보자. 재킷 리스트는 지금 꺼내 입지 않으면 입을 때를 놓치는 봄날의 재킷처럼, 더 늦기 전 '지금 하고 싶은 일들의 리스트'를 뜻한다.

다른 사람에게 피해를 주지 않는 범위의 엉뚱한 일, 누군가가 나에게 무리라고 말했던 일, 시간이 날 때 해보고 싶었지만 사실은 시간을 내야 했던 일, 누군가의 도움이 필요하거나 내가 누군가에게 도움이 될 일, 사소하고 작은 기쁨을 얻는 일, 크고 작은 성취감을 주는 일, 관계에 관한 일, 온전히 혼자 즐기는 일, 어떤 일이든 관계없다. 아래 리스트에 적힌 일들의 시작은 빠르면 빠를수록, 바로 지금일수록 좋다.

나의 재킷 리스트

예를 들어,

크리스털 컵을 산다: 특별한 기분을 산다.
플라스틱 컵이 아닌 약간은 묵직하고 깨끗한 크리스털 컵에 물을 마시면, 매일 약 여덟 컵의 물을 마시는 순간마다 내가 나를 대접하는 듯한 기분을 느낄 수 있다. 크리스털 컵에 담긴 물은 반짝이고 특별한 기분을 선사한다.

커피를 산다: 혼자인 시간을 산다.
커피나 티 한 잔으로 완성되는 혼자만의 시간은, 풀리지 않는 고민으로부터 떨어져 쉬거나, 풀리지 않는 고민의 힌트를 얻는 시간이 된다.

큰 사이즈의 무지 노트를 산다: 떠오르는 영감을 산다.
노트의 크기는 생각의 크기가 되기도 한다. 그때 그때 떠오르는 생각은 휴대폰 메모장에 기록할 수 있지만 복잡한 생각을 정리하거나 영감이 꼬리에 꼬리를 물 때는 커다란 노트가 제격이다. 선이 없는 무지 노트가 자유로운 마음을 주고 간단한 그림을 그리기에도 좋다.

값비싸지 않아도 끌리는 아이템을 산다: 나의 취향을 산다.
비싼 물건은 살수록 마음이 공허해지고 더 큰 욕망을 자극한다. 비싸지 않아도 나만의 취향이 담긴 물건을 산다.

다른 사람이 보기에는 보잘것없어 보여도, 유행을 거스르는 스타일이어도, 나 자신의 취향을 담을 수 있다면 나와 잘 어울린다면 무엇보다 값지고 돋보이는 물건이 된다. 사람처럼, 나에게 옴으로써 특별히 빛나는 물건이 있다. 그런 물건들을 발견한다. 또한 나의 취향에 대해 타인을 설득할 필요는 없다.

여행지에서 살까 말까 고민되는 물건을 산다: 추억과 인연을 산다.
여행지에서 살까 말까 고민되는 물건은 사는 것이 좋다. 사고 나서 후회하는 일보다 사지 않아서 후회하는 경우가 더 많기 때문이다. 그 물건을 볼 때마다 아무런 비용 없이 여행의 즐거운 기억들을 떠올릴 수 있다.

깜짝 선물을 산다: 관계와 설렘을 산다.
온전히 나를 위한 소비를 할 수도 있지만 다른 이를 위한 소비를 하면서 온전한 설렘과 행복을 느낄 수도 있다. 그 사람이 어떤 것을 좋아할까 고민하면서 세상의 다른 고민을 지울 수도 있다. 선물을 받은 그 사람의 얼굴에서 내가 상상했던 모습과 같은 미소를 볼 때 상상보다 더 큰 기쁨을 느낄 것이다.

어떤 소비는 소비적이지만, 어떤 소비는 생산적이다. 사고 나서 오히려 공허해지고 더 많은 것을 탐하게 되는 소비가 아니라 나의 마음을 채워주는, 변화시켜주는, 작지만 새로운 기회들을 주는 소비 생활을 할 수도 있다.

요즘 나의 소비 생활은 어느 곳을 향하고 있을까?

나의 소비 일기

내가 산 것들의 이야기를 기록하는 것은 나에 대한 기록이기도 하다. 일기
처럼 소비 일기를 적어보자. 내가 산 물건들의 이야기를 적어보자. 나에게
특별한 물건들, 볼 때마다 기분이 좋아지는 아이템, 더 나은 나를 만들어
주는 아이템, 반대로 충동 소비가 후회되는 아이템 등 다양한 목록이 있을
것이다. 나만의 기준으로 그 목록에 별점과 코멘트를 매겨보자. 내 쇼핑은
지금 내 삶이 어떤 곳을 향하고 있는지를 보여준다.

기억에 남는 구매 목록

아이템 1 ☆☆☆☆☆

아이템 2 ☆☆☆☆☆

아이템 3 ☆☆☆☆☆

아이템 4 ☆☆☆☆☆

아이템 5 ☆☆☆☆☆

아이템 6 ☆☆☆☆☆

참 잘한 소비:

가장 후회되는 소비:

소비에 대한 나의 결심:

꽃잎의 개수를 헤아려본 사람이라면
세상의 이치도 헤아려보았을 것이다.

아주 섬세한 것은 아주 거대한 것과 통한다.

삶은 종縱이 아닌 횡橫으로 흐른다

인간의 가장 거대한 고정관념은 시간이다.

우리가 과거, 현재, 미래라는 시간 속에 갇히는 순간,
과거는 판단의 대상이 되고,
현재는 견뎌야 할 짐이 되고,
미래는 풀어야 할 숙제가 된다.

바꿀 수 없는 아쉬운 과거,
만족과 더 큰 불만족이 공존하는 현재,
알 수 없는 미래를 기준으로 삼지 말고
내가 정한 주제로
주체적으로 인생을 살아가자.

요즈음 나의 주제는 무엇인가?
내가 좋아하는 것, 관심 있는 것,
중요한 혹은 덜 중요하지만 해결해야 하는 문제는 무엇인가?
타인, 나아가 나 자신과의 관계는 어떠한가?
〈챕터 1. 나〉의 〈소주제 2. 나쁜 습관 고치기〉부터
〈챕터 3. 관계〉의 〈소주제 6. 입양한 고양이와 친해지기〉까지
나에게 필요한 나만의 인생 주제 노트를 작성해보자.
과거에 대한 후회, 현재에 대한 불만족,

PAST

PRESENT

FUTURE

미래에 대한 불안에 사로잡혀
어느 시간에도 속하지 못하는 무기력증에서 벗어나
크고 작은 나의 주제에 하나씩, 충실히 집중하다 보면
영혼은 더 자유로워지고 결핍은 어느 순간 채워지거나 잊히며,
두려움보다 호기심과 성취감이 자리 잡을 것이다.
그렇게 인생은 더 풍요로워질 수 있다.

삶은 종縱이 아닌 횡橫으로 흐른다.
시간이라는 단위가 아닌 나라는 존재를 기준으로 말이다.

나는 과거도, 현재도, 미래도 아닌
나 자신에게 속할 뿐이다.

11

주체적인 나만의 인생 주제 노트

요즈음 나의 주제는 무엇인지, 인생 주제 노트를 작성해보자. 시간을 단위로 살아가면 어제, 오늘, 내일, 몇 시, 몇 분에 끌려 다니다 정작 중요한 일들을 잊거나 빠뜨리게 되지만 나의 주제를 기준으로 살아가면 내가 주체인 일상을 꾸려 나갈 수 있다. 어떤 것이 중요하고 중요하지 않은지, 놓치면 안 되는 것과 버려도 되는 것을 더 쉽게 파악할 수 있다. 일, 관계, 습관, 사랑, 취미 등 내가 요즘 관심을 갖는 주제를 챕터별로 설정하고 그에 따른 구체적 내용이나 계획, 실천 방법을 소주제에 적어보자. 이것은 지나칠 수 있는 나 자신을 좀 더 쉽게 알기 위해 적는 기록이다. 그러니 가벼운 마음으로 기록해보자.

예) 챕터 1. 취미

소주제 1-1. 색연필 인물화

: 요즘 새롭게 관심 가지기 시작한 색연필 인물화 온라인 클래스 신청하기

🌿 **챕터 1.**

🌿 **챕터 2.**

🌿 **챕터 3.**

🌿 **챕터 4.**

🌿 **챕터 5.**

삶은 주어지지만 삶의 주어는 나이므로

가장 똑똑한 사람에게도 하루 중 바보 같은 순간이 있을 수 있다.
그 순간에 만난 누군가는 그를 단지 바보로 기억할 것이다.

그래도 별 상관 없다. 스스로가 스스로를 가장 잘 알고 있으므로.

다른 사람이 내리는 순간 순간의 평가에 귀 기울이지 않는 것
오류투성이의 결론에 나를 결론짓지 않는 것
다른 사람의 시선이 나를 정의하지 않게 하는 것
다른 사람의 한숨이 나를 쓰러뜨리지 않게 하는 것

산들바람에 흔들리되
타인의 오가는 말들에 흔들리지 않는 것
흔들렸다 해도 이내 자아를 회복하는 것으로부터
자존감은 시작된다.

자존감은 아이러니하게도 자존감이 무너지는 상황에서
키워질 수 있다.

삶은 주어지지만
삶의 주어는 나이므로.

내가 좋아하는 음식, 자주 먹는 음식이
나의 살이 되고 피가 되고 뼈와 근육과 피부, 나의 외면을 이루듯,
내가 좋아하는 단어, 자주 쓰는 말들이
나의 정신, 마음, 감정이 되고 나의 내면을 이룬다.

나에 대해 잘 모른다면,
나를 객관적으로 파악하고 싶다면,
내가 자주 쓰고 듣고 보는 단어를 들여다보면 된다.

맛집, 집값, 신상, 신간, 좋아, 제일 싫어,
산책, 달팽이, 약속, 바빠, 예뻐, 사랑해,
걱정이야, 그때는, 지금은, 귀여워, 지겨워,
필라테스, 다이어트, 면접, 테스트, 주식, 간식,
그 사람은, 나는, 맛있어, 맛없어, 몰라, 맞아.

돈에 관한 것인가, 정신에 관한 것인가?
만족에 관한 것인가, 불만족에 관한 것인가?
꿈에 관한 것인가, 현실에 관한 것인가?
좌절에 관한 것인가, 희망에 관한 것인가?
나에 관한 것인가 다른 사람에 관한 것인가?
가십에 관한 것인가, 진실에 관한 것인가?

거친 말들인가, 따뜻한 말들인가?
반박하는 말들인가, 공감하는 말들인가?

두 개의 단어장을 준비하자.
하나의 단어장에는 내가 가장 자주 쓰는 단어를 적어보고,
다른 하나의 단어장에는
내가 생각하는 이상적인 모습과 연관된 단어를 적어보자.

첫 번째 단어장은 지금 나의 모습이고,
두 번째 단어장은 변화하고 싶은 나의 모습이다.
첫 번째 단어장 속 마음에 들지 않는 단어는 버리고,
두 번째 단어장 속 단어들을 더 자주 사용해보자.

퍼스널 컬러 ● 를 진단받아 나를 더욱 돋보이게 하는
나만의 스타일을 찾듯,
내가 쓰는 단어들로 스스로를 진단하면
내밀한 듯 하지만 더욱 확연하게 드러나는,
외적인 스타일로는 포장할 수 없는 진짜 나를 알게 된다.
인생과 나 자신 그리고

●
퍼스널 단어장
퍼스널 컬러를 차용한 표현. 퍼스널 컬러 ● 는
타고난 개인의 신체 컬러를 말하며, 이 진단
을 기반으로 어울리는 메이크업, 옷 색깔, 머
리 색 등을 찾아내 아름다운 스타일과 이미
지 연출이 가능하다.

타인에 대한 태도를 알 수 있게 된다.

말로는 그냥 지나쳤지만,

눈에 보이기에 이제 더 분명해진 단어들로부터

내 마음에 들지 않는 모습을 발견하고,

내 마음에 드는 모습으로

조금씩 구체적으로 가꾸어 나갈 수 있다.

12

퍼스널 단어장

내가 쓰는 단어들로 나의 태도와 이미지를 진단해보자. 단편적으로 보이는 스타일보다 숨기기 힘든, 더욱 확연하게 드러나는 나의 모습들을 발견할 수 있다. 동시에 더 매력적인 모습과 태도, 긍정적인 일상 주제를 설계하고 만들어갈 수 있다.

단어장 1	단어장 2
내가 가장 자주 쓰는 단어	내가 되고 싶은 모습의 단어

❦ 1. 내가 자주 쓰는 단어들 중 내 마음에 드는 단어에는 ○를, 지우고 싶은
　　 단어에는 ×표를 하자.

❦ 2. 단어장 1의 동그라미 친 단어와 단어장 2의 단어들을 더 자주 사용함으로써
　　 더 나은 모습의 나를 구체적으로 만들어갈 수 있다.

누군가 내 뒤통수를 때린 상황에서도
웃음을 잃지 않게 하는 압도적인 행복은 드물다.
그것은 인생에 몇 번 찾아올까 말까 하는 행운이다.

일주일 동안 우리가 자주 마주치는 것은
'그가 나를 보고 웃었다'
'길을 가다 귀여운 강아지를 보았다'
'아메리카노가 맛있는 커피숍을 발견했다'
'마음 잘 통하는 친구와 수다 떨었다'
'어제보다 조금 더 앞으로 나아갔다'
와 같은 일상적 행복,
그리고
'그 사람이 내 문자에 답이 없다'
'누군가의 불친절한 태도로 기분이 상했다'
'지하철에서 백팩족이 나를 밀쳤다'
'기대했던 성적이나 고과를 받지 못했다'
'생각 없는 말실수로 누군가에게 상처를 주었다, 혹은 받았다'
와 같은 일상적 불행.

그러므로 하루에도 몇 번씩 있는
라이트급 행복과 불행의 매치에서 행복의 편을 들어주자.

행복의 목소리 볼륨을 높이고,
행복의 표정과 같은 미소를 지어보자.
행복의 행동을 다시보기하며
그렇게 행복이 날리는 훅에 힘을 실어주자.

KO승까지는 아니더라도
8:4 정도의 판정승은 거둘 수 있도록.

그리고 기억해야 할 한 가지는,
행복과 불행의 일일 라이트급 매치에서
심판관은 나 자신이며,
편파판정이 쉽게 허용되는, 더불어 환영받는
유일한 그라운드라는 것이다.

인생에는 퍼펙트 타임이 있다.
예를 들면 누군가에게는 혼자 있는 시간 + 〈Sweet Night〉라는 곡 +
약간의 피곤함 + 비가 오는 날씨 + 거기에다 번개까지 친다면
정말 완벽하다.

시럽 한 방울을 더해 완벽한 맛을 만들어내듯,
이 순간, 작은 무엇을 더한다면 완벽한 순간이 될까?
더 자주 완벽한 순간을 만들 수 있는
나만의 시럽 한 방울은 무엇일까?

마음에 드는 음악들을 모아놓은,
마음에 들지 않는 순간조차 마음에 들게 만들어주는
음악 플레이리스트처럼
완벽한 순간을 위한
나만의 플레이리스트를 작성하자.

인생에는 완벽하지 않아도 충분히 만족스러운 시간도 있지만
충분히 만족스럽고 또한 완벽한 순간도 있다.
그 순간은 그냥 주어지기도 하지만
많은 경우 내가 만들어낼 수 있다.

선반 위 쉽게 닿는 곳에 놓아둔 좋아하는 바닐라 시럽처럼
그 순간을 맛있게 해줄 '완벽한 순간 시럽'을 마음의 손이 닿는
가까운 곳에 놓아두길.

완벽한 순간을 만들어주는 나만의 시럽 한 방울은 무엇일까?

13

셀프가드닝 프로젝트

나만의 '완벽한 순간 시럽' 리스트

완벽한 순간을 만들어주는 나만의 시럽 한 방울은 무엇일까? 많으면 많을수록 좋으며, 마음 먹은 순간 쉽게 구할 수 있다면 더욱 좋다. 미리 리스트를 작성해둔다면 조금 덜 완벽한 순간을 조금 더 쉽게 완벽한 순간으로 만들 수 있다.

1. 좋은 순간을 더 좋게 만들어줄 곡 _____

2. 여행 갈 때 꼭 챙겨가고 싶은 책 _____

3. 미세먼지 적은 날 입고 기분 전환 하고 싶은 옷장 속의

   _____

4. 먹을 때마다(마실 때마다) 약간의 기분과 기운을

   늘 북돋워주는 _____

5. _____ 배우가 주연인 드라마

6.

7.

8.

좋아하는 색깔은 무엇인가요? ( )

좋아하는 노래는 무엇인가요? ( )

요즘 어떤 것에 꽂혀 있나요? ( )

어떤 혈액형과 잘 맞나요? ( )

어떤 반려견을 키우고 싶나요? ( )

어떤 반려식물을 키우고 싶나요? ( )

어떨 때 제일 화가 나나요? ( )

어떤 사람을 싫어하나요? ( )

요즘 이루고 싶은 일들은 무엇인가요? ( )

최근에 어떤 즐거운 일이 있었나요? ( )

최근에 어떤 슬프거나 화나는 일이 있었나요? ( )

시간이 있다면 하고 싶은 일은 무엇인가요? ( )

좋아하거나 존경하는 사람은 누구인가요? ( )

매운 음식을 잘 먹나요? ( )

울고 싶을 때 어떻게 하나요? ( )

현학적이고 추상적이기보다 일상적이고 구체적일수록 좋다. 어린 시절 처음 사랑에 빠졌던 그 사람에게 할 법한 순수한 질문들을 아주 오랜만에 나에게 해보자. 머리카락 개수까지 알고 싶은, 처음 사랑에 빠진 연인처럼 사소하고도 흥미로운 질문들을 해보자. 다른 유명인사의 인터뷰를 읽기 전에 나를 인터뷰하자. 다른 사람의 관심을 구하지 말고, 내가 나에게 관심을 가져보자. 업데이트된 지 오래된 나에 대한 지식들을 업데이트해보고, 바쁘고 정신 없는 바깥 세상에 대한 호기심을 내 안의 세상으로 잠시 돌려보자.

야근, 월요일 아침 회의, 데드라인, 육아, 시험 준비, 아이 시험 준비, 이직, 취직, 새로 나온 영화, 그 영화에 관한 유튜브 영상들, 욕망을 자극하는 이번 시즌 새로운 제품들… 온갖 바쁜 일들에 치이도록, 또한 세상의 자극적인 재미에 빠져 있도록 내버려두었던 나. 나조차도 무관심했던 내면의 나, 그런 나에게 잊고 있었지만 설레는 질문들, 단순하고 사소하지만 한편으론 진지하게 생각하게 되는 질문들을 해보자. 질문에 대한 답을 찾으면서 피식 미소를 짓게 되고, 아, 이런 모습도 있었지, 있구나, 알게 되는 순수한 질문들을 하자.

사랑하면 알고 싶다. 그러나 나는 나 자신에게 너무도 익숙한 존재이므로, 스스로에 대해 알려고 노력조차 하지 않았다. 나를 제대로 사랑하고 아끼기 위해서는 나를 잘 알아야 한다. '네 자신을 알라'라는 기원전 5세기 소크라테스의 말은 현대적으로, '네 자신을 사랑하라'라는 말로 해석되어야 할지 모른다.

나의 관심이 정말 필요한 사람은
요즘 뜨는 연예인이 아니라 나 자신이다.

세상이 너무도 바빠졌기에, 목적지 없이 달리는 일은 드물기에 반대로 우리에겐 다른 목적이 있는 질문이 아닌 나라는 존재 자체가 목적인 순수한 질문이 필요하다. 그 질문에 답하는 동안 어깨의 긴장이

풀리고 복잡했던 생각은 간단해지고 나의 취향을 분명히 알게 된다. 이 모든 것을 떠나, 다시금 콧노래를 흥얼거릴 수 있는 즐거운 기분이 될 것이다.

어느 순간부터 업데이트되지 않았던 나에 대해 다시 알아갈 시간, 나와 사랑에 빠질 시간이 조금 더 필요하다. 오래도록 익숙해진 나 자신과, 첫사랑은 아니지만 언제라도 새롭게 사랑에 빠질 수는 있다.

가끔씩 나를, 인터뷰하자.

마음의 브레이크를 밟을 타이밍

기분이 좋지 않을 때는
판단과 결정을 잠시 유보하자.

그렇지 않다면 그것은 음주운전과 비슷하다.

나는 속도를 잘 지키고 있다고 생각하지만
과속을 하게 될 수도,
나는 브레이크를 제때 밟았다고 생각하지만
몇 초 늦을 수도,
나는 전방을 주시하고 있다고 생각하지만
끼어드는 차를 보지 못할 수도 있다.

성급한 결정을 내릴 수도,
타이밍을 잘못 판단할 수도,
앞으로의 시나리오를 예측하지 못할 수도 있다.

그러니,
기분이 좋지 않을 때는
다시 평온한 나로 돌아올 때까지
혼자만의 시간을 갖자.

운전대를 놓고 기다리듯,
몸과 마음의 여유를 찾자.

인생에는,
내가 내 마음의 브레이크를 밟을 타이밍도 필요하다.

기분이 좋지 않을 때는
판단과 결정을 잠시 유보하자.

독서라는 셀프가드닝

1. 독서는 시간과 장소를 넘나드는
   가장 쉽고 간단한 셀프가드닝이다.

2. 독서의 장점 중 하나는
   당신의 적이 당신의 변화를 겉으로 눈치챌 수 없다는 것이다.

3. 책의 남은 페이지가 줄어들수록
   인생의 남은 페이지가 풍성해진다.

14

셀프가드닝 프로젝트

독서라는 셀프가드닝

시간과 장소를 넘나드는 가장 쉽고 간단한 셀프가드닝, 독서. 주제별 나의 독서 리스트들을 완성하고 나의 책 취향을 발견해보자. 원한다면 다른 사람들과 공유해보자. 나의 리스트가 누군가에게 영감을 줄 수도, 다른 사람의 리스트로부터 나의 인생 책을 발견할 수도 있는 일이다.

🌾 현재 나의 관심사, 고민, 취미 등을 파악할 수 있는 '지금 읽고 있는 책'

🌾 나의 취향과 기대가 드러나는 '위시리스트 책'

🌾 베스트셀러는 아니지만 '나만 알기에 아까운 책'

🌾 책장에서 꺼내 다시 읽기 시작한 그때 그 시절 '역주행 책'

🌾 나의 내면을 잘 보여주는 '추천하고 싶은 책'

🌾 또 다른 나의 인생 책이 될 수도 있을 '추천받은 책'

힐링이 충분하다면 이제는 킬링

위로와 포옹, 무조건적 응원, 따뜻한 말들로
스스로의 기운과 힘을 북돋웠다면,
힐링이 충분했다면,
이제는 킬링.

차가운 머리와 단단한 의지, 객관적 시선으로 나를 바라본 후,
나와 남을 해치는 나쁜 습관들을 킬링,
자꾸만 주저 앉고 나약해지려는 마음을 킬링,
무기력하고 자조 섞인 기분을 킬링,
마음에 들지 않는 내 모습을 감싸는 변명과 핑계들을 킬링.

영화 속 킬러는
목표 의식이 뛰어나며,
계획적이고,
악조건 속에서도 능력을 발휘한다.

내 안에 있는 끈질긴 나의 적들을 물리치는 것을 목표로,
흘러가는 시간에 마냥 시간을 빼앗기지 않도록 계획적으로,
온갖 유혹과 안팎의 끊임없는 의구심이라는 악조건 속에서도,
나의 능력을 발휘해보자.
지속적이고 긍정적인 변화를 만들어내자.

눈물도, 자비도 없는 진짜 킬러는 아니더라도
새로운 해가 뜰 때 즈음 혹은 어스름 자정 때 즈음
마침내 눈물을 멈추고,
나에 대해서만 유독 자비로워지는 무른 잣대를 거두고
조준경照準鏡에 비친 '나의 나쁜 모습들'이라는 목표물을 겨냥해보자.

나를 감싸 안을 때 내 안의 적도 함께 감싸 안지는 말자.
나를 따뜻하게 감싸 안아주는 일처럼,
내 안의 적을 알아보고 물리치는 일도 필요하다.

힐링을 잘하면 따뜻한 사람이 되고
킬링을 잘하면 새로운 사람이 된다.

둘 다 더 나은 내가 되는 방법이다.

15

셀프가드닝 프로젝트

오늘의 킬링 포인트

1. 요즈음 내 안의 킬링 목표물은? 예) 킬링하고 싶은 나의 나쁜 습관들

2. 성공적 킬링을 위해서는 막연한 의지가 아닌 명확한 계획이 필요하다.

   ◈ 무엇을?

   ◈ 언제?

   ◈ 어떻게?

3. 명확한 계획에도 불구하고 예상되는 악조건은 무엇일까?
   악조건을 이겨낼 계획 또한 세워보자.

4. 조력자나 내가 가진 무기를 점검해보자.

5. 영화 속 킬러는 완벽을 추구한다.
   완벽하지 않더라도 악조건을 이겨내기 위한 추가 계획 또한 세워보자.

고민 상대성 원리

Fact 1. 당신은 우주의 작고 작은 미물이다.
Fact 2. 당신 앞의 심각한 문제는 더욱 그렇다.

때론 문학적, 주관적 시점이 아닌
과학적, 객관적 시점으로 바라보는 것이
내 마음에서 차지하는 고민의 크기를
상대적으로(혹은 절대적으로) 줄여준다.

지금 내가 맞닥뜨리고 있는 나의 문제가
너무 크고도 특별하게 느껴질 때에는,
바로 지금 눈을 감고 찬찬히 상상해보자.

내 좁고 어두워진 마음 안에서 벗어나
점점 위로 올라간다. 내 발 아래로 내 방이 보인다.
내가 있던 건물이 보인다.

더 높이 올라가자.
건물이 작게, 차도 장난감처럼 작게 보인다.
저 멀리 실 같은 길과 강이 보인다.

더 높이 올라가자.

당신의 문제는 별들보다 특별하지 않다는 것을.

구름보다 더 높이 올라가면
그 아래 하나의 땅덩이가 보인다.
땅 위에 놓여 있던 크고 작은 문제와 숙제들,
부담과 불안, 기쁨과 환희, 슬픔과 분노조차
모두 뒤섞여 그 모습을 알아볼 수 없다.
마침내 눈 앞에 보이는 것은
푸르거나 하얀 하늘뿐.

더 높이 올라가자.
당신의 발 아래 푸른 지구가 보인다.
고요한 검은 우주와 별들은 당신의 마음도
고요하게 만들어줄 것이다.

자, 이제 평온한 기분으로
다시 천천히 현실에 착륙해보자.
지구 위로, 구름 위로, 지붕 위로,
당신이 앉아 있는 의자 위로.

문제는 그대로지만, 당신의 마음은 이미
그 문제들보다 훨씬 커져 있다는 것을,
당신의 문제는 별들보다 특별하지 않다는 것을,
현실을 바라보는 한결 가벼워진 시선을,
발견할 수 있을 것이다.

심리적 샤워*2

식사 시간, 수면 시간처럼
하루에 꼭 필요한 시간은
심리적 샤워 시간이다.

정신없었던 하루 일과의 끝에 다다랐을 때
함부로 나를 판단하려고 하는 타인의 시선을 벗고,
내 이름 앞, 혹은 뒤에 붙은 직함이나 호칭을 떼어내고,
자꾸 생각나는 말실수를 탁탁 털어내고,
나에 대한, 혹은 남에 대한 머릿속 나쁜 생각을
한 올 한 올 깨끗이 헹구고, 방울방울 남은 사념들을
'그래, 오늘도 잘했어'라는 보송보송한 위로의 수건으로 닦아내면
마침내 편안하고 노곤노곤한 자연인인
나 (   )이/가 된다.

심리적 샤워가 끝난 후에는 편안한 차림으로 무얼 해도 좋다.
친구에게 추천받은 넷플릭스 드라마를 봐도,
나만의 베스트셀러를 꺼내 읽어도,
빈 노트에 이런저런 생각을 끄적여도,
무념무상으로 게임에 집중해도,
그저 멍을 때려도 좋다.
심리적 샤워는 마음의 피부를 더 촉촉하고 건강하게 지켜준다.

건들면 아프고 신경 쓰이던 마음의 뾰루지는 어느새 사라지고,
거칠었던 감정은 매끄럽고 너그러워진다.

하루의 끝엔 조용히 나만의 심리적 샤워 시간을.

샤워든 심리적 샤워든,
샤워 시간은 짧아도
오래도록 기분을 상쾌하게 만들어주고,
쉽게 잠들 수 있게 해주는 법이니까.

심리적 샤워
김은주 작가의 《기분을 만지다》에 〈심리적 샤워 1〉이
수록되어 있다.

시든 잎은 잘라내기

미워하는 것들로부터의 자유가

나를 자유케 한다

언어의 무소유

모든 말에 의도가 담겨 있다 추측하지 말고
모든 말에서 의미를 찾으려 애쓰지 말 것.

설령 의도 있는 어떤 말도
별 의미 없이 넘겨버릴 것

쓸데없는 물건을 버리듯
쓸모없는 타인의 말들을 버리면
정리된 방처럼 마음도 삶도 정결해질 수 있다.
내게 진짜 의미 있는 것들로만 채울 수 있다.

물건의 무소유처럼
언어의 무소유도 필요한 법이다.

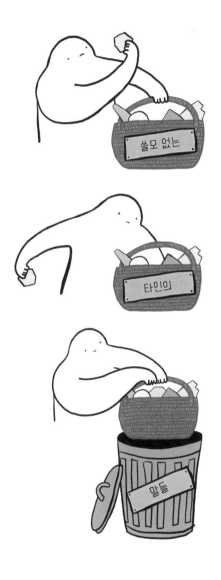

우리는 누구보다 이성적이고 객관적인 시선으로
타인을 바라본다고 자신하지만
감정적인 잣대로 다른 사람을,
특히 타인의 말들을 받아들일 때도 있다.

조금 배려 없는 말,
조금 생각 없는 말,
조금 짜증 나는 말,
그러나 별 악의는 없는 말들에
크게 화가 난다면

사실 그 말이 싫은 것이 아니라,
그 사람이 싫은 것일 수 있다.
혹은 그날따라 내 기분이 안 좋은 것일 수도 있다.

그 사람이 아닌 다른 사람에게 들었다면
오늘 아닌 다른 날 들었다면
그냥 넘어갈 말들일지 모른다.

싫어하는 사람의 말일수록,
나의 신경을 건드리는 말일수록,

BREATHE IN

BREATHE OUT

BREATHE IN

BREATHE OUT

한 귀로 듣고 한 귀로 흘리는 연습을 해보자.
그 말들은 이미 당신의 귀가 싫어할 준비가 된 말들,
한 층의 짜증 필터가 덧씌워진 말들,
그저 내 안에서 화학적 반응을 일으킨 말들일 수 있으니.
귀를 막을 순 없지만
날숨으로 저 멀리 그 말들을 내뱉어버릴 수는 있다.

내 마음을 객관적으로 들여다볼 수 있다면,
다른 사람의 말들을 주관적으로 받아들이지 않을 수 있게 된다.
그리고 혹여 객관적으로 짜증나는 말들일지라도
마음에 오래 담아둘 필요는 없다.

타인의 말들로부터 자유로워지는 순간,
우리는 한층 온화하고, 평화롭고, 또한 단단해질 수 있다.

마음의 시차

혼자 있을 때 갑자기 흐르는 눈물
집에 가는 버스에서 문득 찾아온 우울
분명 즐겁기만 하다고 생각했는데
뒤돌아섰을 때 저려오는 마음 한 켠.

문득 그럴 때 당황할 필요 없다.
몸의 상처와는 달리 마음의 상처에는,
상처와 아픔 사이의 시차가 있다.

상처 입은 순간은 깨닫지 못하다
조금 늦은 찰나 혹은 몇 시간 후,
혼자 된 순간,
조용한 공간에서
뒤늦게 아픔이 찾아오곤 한다.
상처 입었구나 깨닫게 된다.

그러면 오히려 잘되었다.
소란스럽지 않게
타인의 어설픈 위로 없이
조용히 상처를 들여다보면 된다.

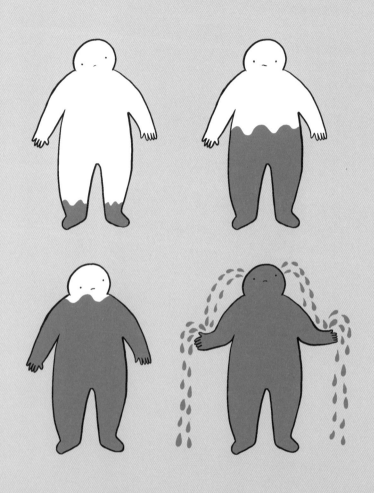

몸의 상처와는 달리 마음의 상처에는,
상처와 아픔 사이의 시차가 있다.

빨간 약을 발라야 할지, 연고를 발라야 할지
밴드가 필요할지, 그냥 두어도 될지
어떤 종류의 상처인지, 극복할 방법은 무엇인지
차근차근 생각해볼 수 있다.
그 생각부터 치유될 수 있다.

그러니 뒤늦게 찾아오는 아픔에
놀라거나 더 우울해하지 말 것.

상처를 들여다보면서
자기 자신 또한 더 깊이 들여다볼 기회를 얻은 것이므로.

'네가 너무 예민해'라는 민mean*한 말

누군가에게 '왜 이렇게 예민해'라는 말을 하지 말라.
상처를 준 사람은 당신이고 그 사람은 상처를 받았다.
예민하다는 말은, 자신이 상처를 준 사실을 부정하고
그 사람의 감정 탓으로 돌리는 비겁한 말이다.

세상에 예민하지 않은 사람은 없다.
다만 '남의 상처에' 예민하지 않을 뿐.

남의 상처니까, 책임이나 사과를 하기 싫으니까,
혹은 잘못을 인정하기에는 너무 자존심이 강하니까,
다른 사람의 감정을 이해하는 데
나의 노력과 시간을 쓰고 싶지 않으니까.
어떤 이유로든 나에게 향한 화살의 방향을 다시
그 사람의 탓으로 쉽게 돌릴 수 있는 말이
예민해하지 말라는 말이다.

그렇다면 예민해하지 말라고 말한 사람은 과연
자신의 상처에 대해 똑같이 예민해지지 않을 수 있을까?
아니다.
그런 사람일수록 자신이 입은 상처에 대해서는
더욱 예민하게 반응하는 모습을 볼 수 있을 것이다.

당신이 오늘 누군가에게
'너무 예민한 거 아니야?'라고 했다면,
그를 예민하게 만든 당신이 한 말이나 행동을 찬찬히 곱씹어보라.

그가 예민한 게 아니라
당신이 '민mean'한 것일 수도 있으니.

mean
'나쁜', '이기적인' 등의 뜻이다.

웃는 척하는 일에는 외로움이 포함되어 있다 1

오랜만에 만난 친하지 않은, 친해지지 않을 것 같은 동호회 사람들.
사생활을 공유하고 싶지는 않은 직장 동료들과의 회식.
같은 나이의 아이가 있다는 이유로 만나는,
그러나 맞지 않는 사람들과의 모임.
나의 직함을 잃어버리는 순간 잃어버릴 사람들과의 격식 있는 만남.
'시간이 빨리 흐른다'는 사실에 대한 공감 외에는
공통점이 없는 사람들.

시끌벅적한 모임, 그러나 내면의 침묵이 존재하는 모임들.

웃는 척하는 일에는 외로움이 포함되어 있다.
내 마음을 숨겨야 하는, 내 마음을 나만 아는 외로움.

그러나 여전히 우리는 그 순간 그 외로움을 아는 무수한 사람들이
존재한다는 사실에 위안을 받을 수 있다.
그 외로움은 어른이 된 이후 우리가 견뎌야 하는, 견딜 수 있는,
책임감 섞인 외로움이기도 하다.
외로움을 견디며 그만큼 우리는 관계에 노련해지며
다양한 관계에서 엿볼 수 있는 삶의 또 다른 스펙트럼을 경험할 수 있다.
기꺼운 마음이 들지 않던 만남에서도
나와 잘 맞는 사람을 발견할 수도 있다.

더불어 시끌벅적한 모임이 끝난 후 혼자만의 시간,

혼자만의 방에서,

오래되어 약간 일어난 소파의 가죽이 주는 부담 없는 안락함,

지난번 놓쳤기에 더욱 기대되는 드라마와 함께하는,

스스로 선택했으므로 전혀 외롭지 않은,

아늑한 외로움의 시간을

보상처럼 더욱 기쁘고 조용하게 맞이할 수도 있다.

예능 프로의 가짜 웃음에 무심코 따라 웃지 않을 자유
무리에 휩쓸려 내 기분과 다르게 웃지 않을 자유
상사의 썰렁한 농담에 무조건 웃지 않을 자유
실패 후 괜찮아 보이려 애써 웃지 않을 자유
상처받은 후 들키지 않으려 괜히 더 크게 웃지 않을 자유
속이 상하지만 관계가 틀어질까 봐 억지로 웃지 않을 자유

웃음 후에 더 허무하고, 아프고, 쓸쓸해지는 웃음을
웃지 않을 자유를 허하라.

더불어
일 년에 몇 번, 웃지 않는 날을 선정하자.
그날은
진짜 내 마음을 살펴보고 억지 웃음을 웃지 말아보자.
썰렁한 농담에 때로 무표정을 지어보고
타인의 가짜 웃음에 물들지 않고
다수와 다른 내 기분을 존중받고
상처나 실패 후에 충분히
우울해하며 내 기분을 달랠 시간을 가질 수 있도록 하자.

그리고 나면
웃고 싶을 때 더 크게,
진짜 마음이 담긴 진짜 웃음을 웃을 수 있을 것이다.

또한
그리고 무엇보다
다른 사람에게도 웃지 않을 자유를 허하자.
그의 무표정에도 웃어넘길 마음의 여유를 가지자.

우리가 잊고 있는 작지만 필요한 자유 중 하나,
웃지 않을 자유.
가끔씩 스스로에게, 또한 다른 이에게 허락하자.

잊을 수 있는 충분한 시간

정말 싫은 사람의 연락처를 목록에서 지우지 않는 이유는
행여나 그 사람의 전화를 받지 않기 위해서다.

쉽게 지워지지 않는 나쁜 기억이나 상처가 있다면 얽매일 필요 없다.
언제든 지울 수 있지만 그러지 않은
누군가의 연락처처럼
다시 비슷한 상황을 현실에서 피할 수 있기 위해
나의 머리와 가슴이 저장해놓은 것이라고 생각하면 된다.

그렇게, 잊어야 한다는 강박 없이
나에게 충분히 잊을 시간을 준다면
어느 날 문득 어떤 트리거*로 인해 그 기억과 마주친다 해도
더 이상 감정의 동요 없이
담담해질 수 있는 순간이 올 것이다.

잊고 싶지만 잊기 힘든 사람이나 일에 대해서는,
나에게 잊을 수 있는 충분한 시간을 줄 것.
잊지 못한다는 사실에 대해 조바심 내지 말 것.

잃어버렸다는 사실조차 잊어버린 외장 하드처럼
어느 순간 흔적 없이 희미해질 것이다.

잊고 싶지만 잊기 힘든 사람이나 일에 대해서는,
나에게 잊을 수 있는 충분한 시간을 줄 것.

관계로 괴로울 때, 팩트 1
당신을 괴롭히는 사람은
정작 당신의 괴로움에 대해 신경 쓰지 않는다.

관계로 괴로울 때, 팩트 2
당신을 괴롭히는 사람보다
당신을 응원하는 사람의 숫자가 훨씬 더 많다.

관계로 괴로울 때, 팩트 3
아이러니하게도 우리는 싫은 사람을
좋아하는 사람만큼이나 자주 생각하곤 한다.
혹시 지금도 그렇다면, 그럴 필요가 있을까?

관계로 괴로울 때, 팩트 4
우리는 생각보다 기억력이 좋지 않다.
지금 괴로운 이 순간을 당신은 기억조차 하지 못할 것이다.
그러니 굳이 맛있는 음식을 앞에 두고 입맛을 버리거나,
영화에 집중하지 못하거나,
중요한 일을 할 시간을 버리면서 귀한 현재를 낭비할 필요가 없다.

결론은, 관계로 괴로울 때, 덜 괴로워해도 된다는 것이다.

이불 속의 독설

듣는 순간 뒷목을 뻐근하게 만들 결정적 한마디
기선 제압과 상황 정리를 동시에 할 수 있는 한마디
입을 벙긋해도 말문은 막히게 할 결정적인 한마디
분노와 눈물을 동시에 샘솟게 할 아프고 뾰족한 그 한마디 말이

왜 이제서야 생각나는 걸까?

상대와의 다툼에서 곧잘 우리는
통쾌한 말의 결정적인 타이밍을 놓치곤 한다.
뒤돌아선 직후, 혹은 자기 전 이불 속에서야 뒤늦게
최고의 독설가가 되곤 한다.

괜찮다.
당신이 그때 할걸 하는 통쾌한 한마디 그 말은
아마도 그때 했다면 또 달리 후회했을 말들이다.
난폭 운전으로 상대와 자신을 다치게 하기 전에
마음의 정류장에 그냥 머물러 있으면 더 좋은 말들이다.

그렇게,
투사가 되는 대신
품위를 조금 더 지켰다.

이불 속의 독설_임금님 귀는 당나귀 귀

작가 알랭 드 보통은 한 인터뷰에서 자신이 처음 글을 쓰기 시작한 것은 기분 좋지 않은 감정에 대해 쓰기 시작하면서부터라고 했다. 독설을 내뱉는 대신 창의력을 불태울 수도 있다. 이 공간에 연필로 후련한 독설 일기를 써보자. 그러고 나서 지우개로 지울 때 마음에서 동시에 지워버리자.

독설 일기장

질문 받지 않을 권리

관계의 거리에는 단계가 있다.
각 단계에 따라 질문의 깊이도 달라진다.

1. 안전한 질문 단계, 일명 '날씨' 질문 단계

오가며 인사만 나누는 사이, 날씨나 이견이 없는 사회 이슈와 같이
안전하고도 인류 공통적인 질문을 하는 단계.
예) 날씨가 참 좋지요? 오늘 미세먼지 많은 편인가요? 코로나로 힘드시죠?

2. 가벼운 취향 질문 단계, 일명 '넷플릭스' 질문 단계

관계가 시작되는 사이, 단편적 상황이나 사실, 취향에 관한 가벼운
질문 단계.
예) 요즘 넷플릭스 뭐 보세요? 주말에 주로 뭐 하세요?
어떤 음식 좋아하시나요?

3. 사적 신상 질문 단계, 일명 '아버지 뭐 하시노' 질문 단계

어느 정도, 개인의 신상과 취향에 대한 좀 더 깊은 질문을 하는 단계.
그러나 특별할 것 없는 질문이라도 개인에 따라 민감하고 불편한 질
문이 있으므로 특히 센스와 배려를 요하는 단계.
예) 결혼 계획은 아직 없나요? 취업 준비는 잘되어 가나요?
아이 계획은 있나요?

4. 깊은 감정 질문 단계, 일명 '아까 왜 화났어' 질문 단계

사적인 신상, 상황부터, 누군가에게는 숨기고 싶은 감정에 관한 질
문까지 주고 받는 단계. 이미 서로에 대한 많은 것들을 알고 있으므
로 매우 가까운 관계의 단계다. 그러나 아무리 가까운 관계의 질문
이라도 내가 모르는 그 사람의 모습과 상황이 있으므로 배려는 늘
필요하다. 가깝고 깊은 질문일수록 내밀한 상처를 줄 수도 있다.

예) 그때 왜 화났어? 힘든 문제는 해결됐어? 요즘은 서로 사이가 어때?

다양한 관계의 거리에 따라 적절한 질문의 단계가 있지만 불현듯 단계
를 뛰어넘는 질문을 받는 경우 우리는 불편함을 느낀다.

예를 들어 1번의 '날씨가 참 좋지요?'라는 질문을 하기 적절한 관계의
사람이 3번의 '결혼 계획은 아직 없나요?'라는 질문을 던진다면, 우리
는 그 순간 낯선 이에게 나의 공간을 침해받은 듯한 감정을 느낀다(질
문의 예시들은 각자의 상황에 따라 다를 수 있다). 단계를 쉬이 건너뛰는 질
문은 필요한 예의를 생략한 느낌, 나를 잘 모르는 사람에게 나를 파악
당하는 느낌, 나의 개인적인 공간을 침해당하는 느낌, 질문 몇 가지로
나라는 복잡한 존재가 결론지어지는 느낌, 관계에 대한 노력 없이 성
급하게 다가오는 느낌들을 준다.

같은 질문도 맞지 않는 관계의 거리에서 던진다면, 존재에 대한 예의
와 인간에 대한 배려가 부족한 질문이 되어버린다. 또한 가까운 사이
일수록 그 사람을 넘겨짚고 대충하는 질문이 아닌 그 사람에 대한 관
심과 이해가 바탕이 된 질문이 필요하다.

질문을 받는 사람은 그 질문에 대한 아무런 방어 수단도 없이 일단

그 질문을 맞이한다. 질문에 답하지 않더라도 이미 질문 자체로 인해 내면의 크고 작은 상처를 입을 수도 있다(쉽게 예를 들어 명절 때 받는 질문들이 그러하다).

그러므로 배려는 질문을 하는 사람의 몫이다. 관계의 몇 단계를 뛰어넘는 예의 없는 질문들로, 누군가를 속성으로 알아가려 하지 말고 함께 겪은 시간과 사건으로 그 사람을 알아가자.

진정한 관계를 만드는 데에는 질문이 아닌 시간이 필요하다. 대답하고 싶지 않은 질문이 아닌, 함께 나누고 싶은 이야기를 던지자.

누구에게나 질문을 받지 않을 권리가 있다.

침대 위의 평화주의자

자기와의 싸움은 힘들다.
남과의 싸움도 만만치 않다.

일요일 오후, 나와의 싸움도 남과의 싸움도 내려놓고
침대 위에 누워 평화주의자가 되기 딱 좋은 시간.

힘든 날일수록 꽃밭에 엎드리자.
나를 소중하게 대하자.

좋은 사람이다, 아니다,
좋은 사람이다, 아니다, 좋은 사람이다

사랑한다,
아니다,
사랑한다,
아니다,
사랑한다,
아니다처럼
헷갈리는 것은

좋은 사람이다,
아니다,
좋은 사람이다,
아니다,
좋은 사람이다,
아니다…

어떤 사람에 대해 자신이 내렸던 판단이
곧잘 상황과 사건에 의해 여러 번 뒤바뀌곤 한다.

그러니 성급한 일반화의 오류를 범하지 말고,
제3자에게 험담을 하거나

선을 그어버리거나

'당신은 좋은 사람이 아닌 것 같군요'

직접적으로 공포公布하지 말고

그 사람에 대한 결론을 유보하길,

타인에 대한 여유를 가져보길,

그리고 그 사람을 더 잘 알게 될 기회를 기다려보길.

나의 판단이 틀렸을 때

조용히 마음의 칠판에서 오류를 수정하기만 하면 된다.

그가 좋은 사람이라면, 주저하거나 머뭇거릴 필요 없이

다시 가까이 다가갈 수 있게 된다.

혹여 그가 정말 좋은 사람이 아니더라도,

내일 미워해도 늦지 않다.

얼굴 좋아 보이네요(마음 고생 중입니다만)
사이가 너무 다정해 보여요(우린 서로 전쟁 중입니다만)
혼자인 게 부럽네요(혼자라서 너무 외로움 타는 중입니다만)
운이 참 좋은 분이네요(늘 고군분투 중입니다만)

속도 모르고 하는 말들이 있다.
타는 속도 모르고, 힘든 상황도 모르고,
진짜 마음을 모르고 하는 말들이 있다.
힘이 들 때는 그 말들마저 내 속을 긁는다.

그러나 그런 말들은 눈치 없거나 무심하지만 악의 없는 말들일 뿐.
다른 누군가에 대한 깊은 이해와 공감 없이, 단편적 관찰로 내린
무심한 그런 말들을 대하는 방법은
그저 무심하게 넘겨버리는 것이다.

나 또한 누군가의 단편적인 모습만 보고
이 사람은, 저 사람은, 이렇게 보여, 저렇게 보여,
이런 사람이야, 저런 사람이야,
그래, 이런 성격이야, 아니, 저런 성격이야,
쉽게 판단하거나 단정 짓거나 왈가왈부하지 말자.

STEVE

MARTHA

TONY

ABDUL

KAREN

누군가의 단편적인 모습만 보고
쉽게 분류하거나 묶어버리지 말자.

이 세상에 도플갱어가 존재하지 않는 이상,
나 자신처럼 다른 사람도
쉽게 분류하거나 정의 내리기 힘든,
세상에서 단 하나뿐인 복잡 미묘한 존재임을 인정하자.

내가 느낀 그 사람에 대한 느낌에는 정답이 없지만
내가 내린 그 사람에 대한 판단에는
언제나 커다란 오류의 가능성들이 존재한다.

아무리 정리벽이 있을지라도,
다른 사람마저
쉽게 분류하거나 묶어버리지 말고,
정의 내리거나 판단하지 말고,
내가 모르는 다른 순간에,
내가 모르는 더 많은 모습을 가진 사람이라는 가능성을 열어놓자.

영화에만 열린 결말이 존재하는 것이 아니다.
인간은 다른 누군가에게 언제나 열린 결말이다.

과거를 자랑하지 않고
현재를 사랑하는 사람이 될 수 있기를.

당신을 성가시게 하는(괴롭히는) 사람의 장점

1. 인간 군상에 대한 스펙트럼이 넓어지게 해준다.
2. 더불어 새로운 종류의 감정을 경험할 수 있게 해준다(비록 부정적인 감정일지라도).
3. 2번의 감정으로 자신만의 예술혼을 불태울 수 있다(소설의 악당 캐릭터에 대한 영감이나, 극단적인 색감 배치에 대한 영감을 얻을 수도 있다).
4. 자기 자신에 대해 깊이 있게 알게 해주고 성찰할 기회를 준다(외부 자극에 대한 내성이 어느 정도인지, 혹여 나에게도 비슷한 면이 있지는 않은지에 대하여).
5. 비슷한 종류의 사람을 만났을 경우 당황하지 않고 차분히 대처할 수 있게 된다.
6. 그 사람과 반대 성향의 내 편에 대한 감사가 커진다.
7. 성가신 사람이 결국, 괜찮은 사람으로 밝혀질 경우 반전의 재미를 맛볼 수 있다.
8. 인간은 망각의 동물이라는 사실을 깨달을 수 있다(현재 나를 성가시게 하는 사람의 이름마저 기억 못 하게 될 날이 온다).
9. 아이러니하게도 세상에 대한 긍정적인 관점을 갖게 된다(싫어하는 사람으로부터 벌써 이렇게 많은 장점을 찾아내지 않았는가!).

작가 증언: 2번의 감정으로 3번의 예술혼을 불태워 이 글을 완성했습니다만, 8번의 망각으로 어떤 사람 덕분에 이 글을 썼는지 전혀 기억나지 않습니다.

당신이 만난 그 사람은 약국과 편의점의 손님이다_그건 네 잘못 아니야

당신이 약국의 약사나 편의점의 아르바이트생이라고 가정해보자. 5분 전 손님은 당신에게 매우 친절하고 예의 바르게 행동했다. 바로 다음에 온 손님은 당신에게 카드를 던지거나 인사도 받지 않는 등 무례하게 굴었다. 불과 5분 전의 당신과 지금의 당신이 달라진 게 있는가? 당신은 같은 사람이지만 당신이 만난 사람의 성향, 성격, 태도가 다를 뿐이다. 당신이 겪은 말과 행동의 원인은 내가 아닌 그 사람들 각자에게 있었다.

혹여 당신이 오늘 누군가로 인해 예상치 못한 어떤 황당한 사건을 겪었다면, 별 의미 없는 사소한 일의 원인을 내 안에서 찾느라 내 감정, 시간, 에너지를 낭비하며 다른 중요한 일에 집중하지 못하고 있다면, 잠시 내 인생에 스쳐 지나가는 그 사람이 약국과 편의점의 무수한 손님들과도 같다는 사실을 기억하자. 이런 사람도 저런 사람도 만날 수 있는 것이 인생이며, 다시 볼 일 없는 사람, 별 볼 일 없는 사람을 만날 수도 있는 것이 인생이다. 당신에게 이상한 사람은 결국 모두에게 이상한 사람일 확률이 높다.

결국 그저 스쳐 지나간 수많은 손님처럼 내 기분을 상하게 한 오늘의 그 사람을 기억해내기도 힘들 거라는 것을, 손님처럼 마주쳤으니 내 마음속에서도 손님처럼 내보내면 그만이라는 것을 다만 기억하자.

잊힐 손님은 내보내고 내가 더 좋은 사람이 되는 것에 집중한다면, 다음의 좋은 손님을, 손님 아닌 좋은 인연으로 만들 수도 있으니까.

나아가, 나 자신 또한 다른 이의 약국과 편의점에 들렀을 때 좋은 손님이 되기 위해 노력해야 한다는 것 또한 기억할 것.
삶에서 우리는 서로의 손님이다.

내가 마트의 비닐봉지도 아닌데

모두를 만족시킬 수는 없다. 내가 마트의 비닐봉지도 아닌데.
모두가 내 마음에 들 수는 없다. 그 사람이 갓 구운 빵도 아닌데.

누구에게나 맞는 다용도 비닐봉지가 되려 노력할 필요 없고,
맞지 않는 사람을 나에게 맞추라 강요할 필요 없다.

나를 좋아하지 않는 사람 때문에 풀이 죽지 말고,
내가 좋아하지 않는 사람 때문에 날이 서지 말라.
감정 낭비, 시간 낭비, 나를 낭비하지 말라.

가장 상처 줄 수 있는 말을 고민하지 말고,
일부러 길을 돌아가지 말고,
SNS에 주어 없는 글을 올리지 말고,
맛있는 음식을 앞에 두고 입맛을 잃거나
잠을 설치지 말라.

146

언젠가 끊어질 관계에 에너지를 쏟지 말라.
시간은 정리를 잘한다.
시간에게 맡겨라.

나를 알아주는 사람,
내가 좋아하는 사람,
나와 나에게 중요한 일,
내 몸과 마음의 에너지는 그런 곳에 쓰는 것이다.

관계는 선택과 집중.
나를 길바닥에 놓아도 되는 비닐봉지가 아닌
새로 산 가방처럼 대해주는 사람,
갓 구운 빵 냄새처럼 생각만 해도 기분이 좋아지는 사람,
서로 잘 맞는 사람들에게 집중하다 보면
관계는 더 윤택해질 수 있다.

관계는 숫자가 아닌 깊이다.

YOU MATTER   YOU BELONG

나비와 벌, 별과 조우하기

좋은 관계는 나의 세계를
한 뼘 더 자라게 한다

나비의 취향

호랑나비는 붉은 꽃을 좋아하고,
흰 나비는 하얀 꽃을 좋아한다.
호랑나비는 라일락, 산초나무, 술체꽃, 엉겅퀴꽃을 좋아하고,
흰 나비는 유채꽃, 배추꽃, 무꽃, 민들레꽃을 좋아한다.
나비에게도 취향이 있다.

나비에게 저마다 맞는 꽃의 색과 향이 있는 것처럼,
사람에게도 저마다 맞는 색과 향기를 지닌 사람이 있다.

애쓰지 않아도 서로 끌리는,
힘들이지 않아도 서로 잘 맞는,
이 사람 참 괜찮다, 라는 생각이 절로 드는
때론 같이 있는 것이 혼자 있는 것보다 편안하고 즐거운 사람.

나비의 날갯짓을 따라 그리면 멋진 추상화가 그려질 것이다.
나의 사람들을 발견해가는 과정은 힘들지만
아름다운 삶의 궤적이 된다.

우아한 날갯짓으로 풀밭을 날아다니다
결국 쉴 곳과 먹을 것을 동시에 발견하는 나비처럼
도시의 사람 숲속을 거닐다 보면

나에게 편안한 쉴 곳이 되는, 나아갈 에너지를 주는
내 취향의 사람들, 꽃의 꿀 같은 누군가를 마주하게 될 것이다.

나비에게 저마다 맞는 꽃의 색과 향이 있는 것처럼,
사람에게도 저마다 맞는 색과 향기를 지닌 사람이 있다.

바다 위 태양 같은 사람들

당신이 어떤 자리에 있을 때 밀물처럼 사람들이 밀려오다
또한 그 자리에서 내려왔을 때 썰물처럼 빠져나갈지라도
늘 곁에는 같은 자리의 태양 같은 사람들이 있기에,
당신 바다의 일출과 일몰은 여전히 낭만적이고 아름답다.

우정은 자연식

축하할 일에 시기라는 조미료를 넣지 않는다.
동정할 일에 안도라는 첨가물을 넣지 않는다.
슬픈 일에 거짓 눈물이라는 향을 섞지 않는다.
그리움에는 더 진한 그리움을 더할 뿐이다.
이것이 진정한 친구가 나에게 차려주는 마음 건강한 감정 레시피다.

집밥처럼 든든하고,
밭에서 딴 과일처럼 신선하고,
다크 초콜릿처럼 순수하다.

진정한 우정은 언제나 자연식이다.
그래서 우리의 마음과 몸에 좋다.

주는 것도.
받는 것도.

진정한 우정은 언제나 자연식이다.
그래서 우리의 마음과 몸에 좋다.

말하기와 듣기의 밸런스는 곧
관계의 밸런스이다.

듣지 않고 말만 하는 사람은
관계를 너무 무겁거나, 가볍게 만든다.

슬픔을 공유하는 방식

*

슬픔을 공유하는 방식은 각자 다 다르다.
슬픔의 사건과 연유를 모두 공유하는 사람.
슬픈 일과 감정을 잘 드러내지 않고
혼자만의 방식으로 해소하는 사람.
서로 슬픔을 공유하는 방식이 다른 사람들은
그래서 서로 오해하기도 한다.

슬픔을 잘 공유하는 사람은 그렇지 않은 사람에게
거리감을 느끼고, 우리가 너무 먼 사이인가 서운해하기도 한다.
슬픔을 혼자 해소하는 사람은 그렇지 않은 사람의 감정을
받아들이는 일을 버겁게 느끼기도 한다.

그럴 때 단지 슬픔을 공유하는 방법이 다를 뿐이라는 것을 안다면
사이가 멀어졌기 때문이 아니라는 것을,
너무 무거워지지 않아도 된다는 것을, 깨닫게 된다.

다시 가까워지고 좀 더 가벼워질 수 있다.

눈물을 흘리는 타이밍도 눈물의 양도 다르듯,
슬픔을 공유하는 방식의 다름을 공감하는 것도
슬픔을 공감하는 것만큼 중요하다.

도시의 보호색

오늘도 도시의 사람들은 다양한 보호색으로 자기 자신을 감춘다.

실없는 사람으로 보이지 않기 위해 무표정이라는 보호색을
만만한 사람으로 보이지 않기 위해 차가운 말투라는 보호색을
쉬운 사람으로 보이지 않기 위해 딱딱한 태도라는 보호색을
연약한 사람으로 보이지 않기 위해 짙은 화장이라는 보호색을
사랑에 목메는 사람으로 보이지 않기 위해 무관심이라는 보호색을

그러다 보면 보호색 안에 숨겨진 진짜 자기 모습까지 잊게 된다.
실없는 사람이 아니라 웃음이 많은 사람인 당신을
만만한 사람이 아니라 다정한 사람인 당신을
쉬운 사람이 아니라 다가가기 쉬운 사람인 당신을
연약한 사람이 아니라 섬세한 사람인 당신을
사랑에 목메는 사람이 아니라 사랑스러운 당신을

보호색을 벗고 자기 자신의 색을 보여주는 용기를 낸다면,
일부는 여전히 당신을 만만하거나 쉬운 사람으로
오해할 수도 있겠지만, 당신에게 진짜인 사람은 곧
당신의 진정한 모습을 알아보게 된다.
그들도 보호색을 벗고 자기 자신을 보여주게 된다.
그곳에서부터 진정한 관계는 시작된다.

도시는 콘크리트 회색이지만
당신도 그에 맞춰 회색이 될 필요는 없다.

보호색 안에 스스로를 숨기기엔
우리는 아름답다.

악마의 편집

악마의 편집은 방송 프로그램에만 존재하지 않는다.

내가 누군가를 바라보는 눈,
누군가 나를 바라보는 눈 속에도
악마의 편집이 존재한다.

내가 생각하는 캐릭터에 그 사람을 끼워 맞추기
좋은 의도를 지워버리고 나쁜 실수를 부각해서 보기
그대로의 진심 혹은 무고함에 '의심'이라는 자막을 달기
내게 유리한 방향으로 그의 말과 행동을 결말 짓기
순간의 실수를 그 사람의 전부로 가정해버리기 등
편집 기법은 셀 수 없이 다양하다.

TV 속 악마의 편집은
재미라도 있지만
마음속 악마의 편집은
오해만 있다.
TV 속 악마의 편집은
몰입을 돕지만
마음속 악마의 편집은
관계를 방해한다.

내 자신이 무심코 악마의 편집자가 되어
상대의 말과 행동과 마음을 편집해서 보고 있지는 않은지
의심해보자.

관계의 가장 큰 적은
어떤 사소하거나 큰 사건, 그 사람의 잘못된 말과 행동이 아니라
그것을 바라보고 각색하는 편집자, 우리 자신의 시선일 수도 있다.

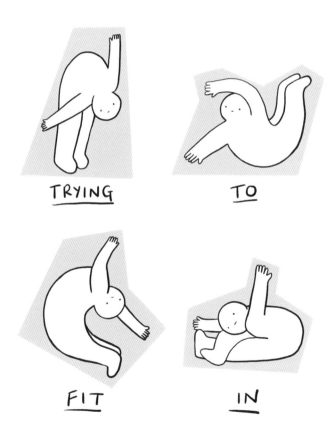

TRYING   TO

FIT   IN

카톡의 프로필을 자주 바꾸는 사람은 관심받기 좋아하는 사람이다.
카톡의 프로필을 자주 바꾸는 사람은 결심하기 좋아하는 사람이다.

이모티콘을 많이 쓰는 사람은 감정을 숨기고 싶은 사람이다.
이모티콘을 많이 쓰는 사람은 상냥한 사람이다.

바로 답을 하지 않는 사람은 나에게 무심한 사람이다.
바로 답을 하지 않는 사람은 많이 바쁜 사람이다.

맞춤법을 자주 틀리는 사람은 배려심이 없는 사람이다.
맞춤법을 자주 틀리는 사람은 손끝이 무딘 사람이다.

매 순간 우리는 다른 사람을 판단하고 해석하려고 애쓴다.
상대의 아주 작은 반응에
실시간으로 기분이 나빴다가 좋았다가 한다.
나 혼자 감정이 상했다가, 나 혼자 풀어진다.
SNS를 많이 할수록 그래서 쉽게 피곤함을 느낀다.

이 모든 소모적이고 의미 없는 일에서 해방되는 방법은,
온라인 속 상대의 반응을 대수롭지 않게 여기거나
오프라인에서 진정한 대화를 나누는 것이다.

카톡으로 다툰 후 그 사람을 직접 만나보라.
5분 안에 화해하게 될 것이다.

아날로그는 관계를 단순하게,
디지털은 그것을 복잡하게 만든다.

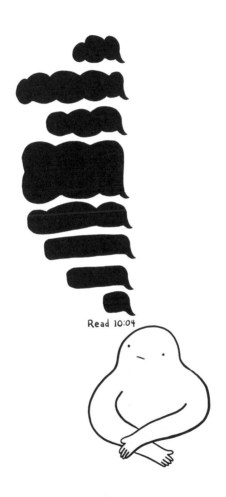

Read 10:04

머칠째 사라지지 않는 카톡의 '1'
읽고서도 아무런 대답 없는 상대
자꾸만 줄어들거나 늘어나는 팔로워 숫자
달갑지 않은 사람의 친구 신청
혹은 예상치 못했던 친구 차단
감정이 전달되지 않는 텍스트에서 생기는 오해

: 불과 10여 년 전에는 우리를 성가시게 하지 않았던 것들.

기술이 발달하면서 인간관계의 기술 또한 복잡해졌다.
잘 알지 못하는, 진지하게 마음을 나누지 못한 사람의 마음까지
신경 쓸 일이 많아졌다.

그러니
이름 모를 사람까지 신경 써야 할 온라인 말고
이름을 절대 헷갈리지 않을,
오프라인에서 만나는 사람들과 더 깊은 마음을 나누자.

눈을 마주 보고,
목소리를 듣고,
바뀐 헤어스타일을 알아보고,

각자 시킨 좋아하는 메뉴를 즐겁게 나눠 먹으면서
손가락으로 나눌 수 없었던,
진지하다 엉뚱하고,
갑자기 산으로 갔다 바다로 가는 이야기들을 나누자.

기술은 인간을 편하게도, 불편하게도 만들 수 있지만
인간의 마음을 편하게 할 수 있는 것은,
따뜻하게 데워주는 것은 사람이다.
정말 가까운 사람은 내 몸과도 가까이 있는 사람.
'좋아요'를 자주 누르는 사람이나
이모티콘을 자주 보내는 사람이 아닌
내가 찾을 때, 내 옆에 자주 있어주는 사람이므로.

'ㅋㅋㅋㅋ' 손가락 웃음이 아닌
소리 내어 같이 웃는 진짜 웃음을,
'ㅠㅠ' 문자가 아닌,
눈물에 황급히 찾아온 휴지를,
'토닥토닥' 이모티콘이 아닌
체온이 담긴 토닥이는 따뜻한 손을,

전파를 타고 보내는 메시지가 아닌
진절을 타고서 진짜 나를 보내자.

사람이 만든 것들로부터의 위로

사람이 쓴 글,
사람이 부른 노래,
사람이 기른 식물,
사람이 지은 따뜻한 밥,
사람이 만든 푹신한 소파와
그 소파에 앉아 보기 딱 좋은, 재미있는 사람들이 나오는 예능,
그리고 가장 가까운 사람이 건네는 실크 스카프 목도리,
냄비 받침대같이 포근한 말과 위로.

상처를 주는 것도 사람이지만,
그 상처를 낫게 할 수 있는 것도 사람이다.

그다지 중요하지 않은 누군가가 주었던 실망이
다른 사람들에 대한 괜한 의심과 불신과 경계로 번지기 전에,
사람이 만든 것들 중 내가 좋아하는 것들을 많이 누리자.
내게 진짜인 사람이 주는 아낌 없는 위안과 위로와 사랑을 받자.

그러면 다시, 처음 보는 사람들에게도
진심으로 웃어줄 수 있는 예전의 내가 될 것이다.

사람과 사람이 만든 것에는
차가워진 가슴을 데우는 체온이 묻어 있다.
삐뚤빼뚤한 핸드메이드가 그렇듯.

동물이 주는 위로 또한.

아픈 것의 장점

사람은 사람인지라,
예민할 때가 있고,
화내고 싶을 때가 있고,
오해할 때가 있고,
마냥 부서지고 싶을 때가 있다.

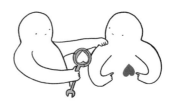

나를 잘 아는 사람은
오늘 좀 예민하구나 생각하겠지만,
나를 모르는 사람은
원래 예민한 사람으로 보고,

나를 헤아리는 사람은
화내는 이유를 궁금해하겠지만,
나를 미워하는 사람은
원래 그런 사람으로 단정한다.

나를 아끼는 사람은
오해를 풀기 위해 노력하겠지만,
내가 중요하지 않은 사람과는
멀어질 계기가 되기도 한다.

나를 사랑하는 사람은
부서진 내 조각들을 주워 담으려 고개를 숙이겠지만,
그렇지 않은 사람은
무심코 그 조각들 위를 밟고 걸어간다.

그러나 나는 곧,
나를 알아주고,
내 기분을 궁금해하고,
마음 쓰고,
함께 아파하는 그런 사람들 덕분에
다시 나로 돌아간다.

그러니 그 외의 사람들은
그다지 신경 쓰지 않아도 좋다.

힘들거나 아픈 것의 장점은
켜켜이 쌓인 관계의 지층 속에서 진짜를
찾아낼 수 있다는 것.

내가 부서졌을 때,
보석이 부서지면 보석 조각이 된다고 말해주는
그런 보석 같은 사람들을,
알아볼 수 있다는 것이다.

삶의 넓이

토끼풀로 화관 만들기가 별 의미 없어도
아이가 토끼풀로 화관 만들기를 좋아한다면,
집 앞 산책이 별 재미 없어도
우리 집 노르웨이 숲 고양이*가 산책을 즐긴다면,
요리에 그다지 취미가 없어도 내가 싼 멸치김밥 도시락을
그가 맛있게 먹어준다면,

그 일을 한다.
우주에서 가장 중요한 일처럼.

가장 즐거운 일이 된다.
의미 없고, 재미 없고, 흥미 없던 그 일들이.

나의 좁았던 세상은 그렇게
다른 사람, 소중한 누군가로 인해 확장된다.

우리는 시간이라는 길이로 세상을 살아가지만
다른 누군가를 통해 넓이로 살아가기도 한다.

    + 삶의 길이는 수명, 삶의 넓이는 행복과 연관되어 있다.

SOME DAYS ARE

BETTER THAN OTHERS

노르웨이 숲 고양이
북유럽 노르웨이에서 자연적으로 발생한 고양
이 종으로 풍성한 털이 특징이다. 사람을 좋아
하는 상냥한 성격으로, 나무 타기를 좋아한다.

스페인 계단 위

인생의 행복은 그 계단을 누가 더 높이 올라가느냐가 아닌
지금 이 계단에 누가 함께 앉아 있느냐로 결정된다.

행복은
올라가야 비로소 사원이 보이는
70도의 가파른 앙코르와트 계단*이 아닌
소중한 누군가와 함께 앉아 젤라또를 먹는
널찍한 로마의 스페인 계단* 위에 있다.

•
앙코르와트 계단
캄보디아 앙코르와트에 있는 계단으로, 일명
'천상의 계단'으로 칭한다. 폭이 좁고 가파르기
에 세계에서 가장 위험한 계단이라 불린다.

•
스페인 계단
이탈리아 로마의 스페인 광장에 있는 계단으
로, 영화 〈로마의 휴일〉에서 오드리 헵번이
젤라또를 먹은 곳이다.

EXCELLENT CONVERSATION

마음의 안전 거리

예를 들어,

당신의 고민, 실수, 비밀, 콤플렉스들에 관해 당신이 보여준 만큼 그는 당신에게 보여주지 않았다 해도, 기대한 만큼의 동조나, 위로나, 공감이나 해답이 없었더라도, 그 사람에 대해 실망하거나 마음 쓰지 말 것.

그와의 관계가 당신이 생각하는 만큼의 깊이가 아닐 수도 있으며, 그가 표현을 잘하는 사람이 아닐 수도 있고, 단지 그가 힘든 일을 겪고 있기 때문일 수도, 당신의 마음이 잘 전달되지 않았을 수도, 그저 마음의 여유가 없기 때문일 수도 있다.

여기까지는 추측이지만, 분명한 사실은 그는 당신이 아니라는 것.

내가 아닌 다른 사람은 나의 생각대로, 나의 기준대로, 또한 나의 기분대로, 나의 기대대로 움직이지 않는다. 그것은 당연한 사실이다.

그러므로 사람 사이에는 안전 거리가 필요하다.

멀어지기 위한 거리가 아니라 감정이 너무 앞섰을 때, 감정의 속도 조절에 실패했을 때 혹여 부딪히거나 다치지 않을 거리. 여유와 이해, 그리고 인정의 거리이다.

예상 밖의 말과 행동이 돌아왔을 때, 그를 단번에 관계 밖으로 밀쳐지 않을 여유, 이 사람은 왜 이럴까, 가 아닌 그만의 이유가 있을 것이라는 이해, 그가 부족해서가 아닌 나의 기대가 컸을 수도 있으며, 나의 기준과 그의 기준은 다름에 대한 인정.

그렇게 안전 거리를 유지하면서 우리는 다양한 이들과 만나고 헤어지고 스쳐 지나가는 관계라는, 동시에 인생이라는 복잡한 도로 위를 커다란 감정의 접촉 사고 없이 달릴 수 있게 된다.
마음 맞는 이들과 휴게소에서 즐겁게 담소를 나누며 다음의 목적지를 향해 나아갈 에너지와 즐거움을 얻을 수도 있다. 더 깊고 따뜻한 관계들을 만들고 경험할 수 있다.

그리고 무엇보다 기억해야 할 한 가지는, 운전할 때 다른 이를 신경 쓰면서도 나의 길에 가장 집중해야 하듯, 관계에서 비롯된 대부분의 고민은 아이러니하게도 다른 누군가가 아닌 나 자신에게, 나의 일에, 나의 길에 집중할 때 또한 자연스럽게 사라지거나, 별 일 아닌 듯 해결되리라는 사실이다.

관계의 답은, 결국 나 자신에게 있다.

보내는 말

우리는 종종 내가 보낸 말이 더 따뜻하고, 더 배려 있고,
마음 담긴 말들로 돌아오기를 바란다.
누구의 마음이든 다 그렇다.
그러나 어떤 말들은 단지 보내는 말이다.
고맙다는 말, 미안하다는 말, 축복한다는 말, 행복하라는 말,
응원과 기원과 진심을 담아 보내는 모든 말들.
당신이 한 이런 말들이 귀여운 이모티콘과 함께,
혹은 다정한 문장부호나 따뜻한 목소리와 함께,
답이 되어 돌아오지 않는다고 해도
기다림에 조바심 내거나 마음 쓸 필요 없다.

아름다운 그 말이
누군가에게 가 닿았고,
세상이 좀 더 따뜻해졌다는 것은 분명하므로…

가는 말이 고와야 오는 말이 곱지만,
가는 말이 고왔다면 그것만으로 이미 가치 있다.

SENDING

YOU

ALL MY

LOVE

혼자인 것은 쉽다. 혼자 커피나 차를 마시고, 혼자 먹을 메뉴를 고민하는 것과, 혼자 웃거나 울고, 어떤 타이밍에 다른 장소로 이동할지 혼자 정하는 것은 간단하다.

그러나 누군가의 커피 취향을 기억하고, 누구에게나 맛있을 메뉴를 고민하고, 웃음 포인트나 감정을 맞추고, 언제 어디에서 함께 머무르거나 이동할지 정하는 것에는 노력과 수고가 필요하다.

그러한 노력에도 불구하고, 우리가 다른 누군가와 관계를 맺거나 쌓는 것은 그가 나의 뒷모습을 바라볼 수 있는 사람이기 때문이다. 다른 말로, 나와 다른 각도로 바라보고, 나와 다른 어휘를 선택하고 나와 다른 에너지를 가진 사람이기 때문이다.
나와 다른 사람은 나에게 자극과 영감, 또한 새로운 에너지를 준다. 아주 오랫동안 몰랐던 세상이나 나 자신에 관한 사실을 그가 발견하게 해줄 수 있고, 내가 기다리던 기회의 문을 열어줄 수도 있고, 더불어 내가 그 사람들에게 그런 사람, 가치 있는 사람이 될 수도 있다.

동시에 중요한 것은 나와 다른 그 사람이 나와 같은 감정을 느낄 수 있다는 사실이다.

인류 역사상 위대한 문학 작품, 영화의 주제에는 우정과 사랑이라는

관계의 감정이 빠지지 않는다. 우정, 사랑, 믿음, 배려, 공감과 같은 혼자서는 결코 경험할 수 없는 긍정적인 관계의 감정들. 그 감정들은 우리의 인생을 더 풍요롭게 만들어준다.

그러니 타인을 쉽게 우습게 여기지 말라. 다른 사람을 존중하고 친절을 베풀라. 누군가 때문에 크게 실망하고 잠시 노여워했다 하더라도, 그것 때문에 다른 좋은 사람들을 향한 마음의 문을 모두 닫지 말라.

드라마 속 위기 상황에서는 꼭 제3자가 등장해 구출해주고, 판타지소설 속 마법의 열쇠를 가진 사람은 처음 보는 낯선 할아버지다. 다른 사람은 곧 하나의 세상, 한 사람, 한 사람은 어떤 한 권의 위대한 책, 인상 깊은 영화만큼 서사적이고, 감동적이며, 흥미진진한 이야기를 품고 있다. 더군다나 그 이야기들은 실제로 존재하는 이야기이다.

나 자신 또한 그들과 함께 인생의 새로운 이야기를 써 나가게 될 수도 있고, 위기에서 벗어나 앞으로 펼쳐나갈 흥미진진한 이야기의 단서를 발견할 수도, 누군가의 인생의 챕터에서 중요한 역할을 맡을 수도 있다.

관계는 나의 세상을 확장해준다.

혼자인 별은 별이지만,
함께이면 우주가 되는 것처럼.

시인이 아니어도 되는 말

사랑하는 마음은
문득 생각나서라는 말 안에,
감기 조심하라는 말 안에,
눈이 예쁘다는 말 안에,
오늘은 달이 참 밝다는 말 안에도
들어 있을 수 있다.

그러나 듣는 사람의 마음을
가장 깊게 건드리는 말은
따로 있을 것이다.

편지는 편지봉투 안에,
사랑은 사랑한다는 바로 그 말 안에
고이 넣어 전하자.

사랑을 전하기에
어쩌면 시인이 아닐수록 좋다.

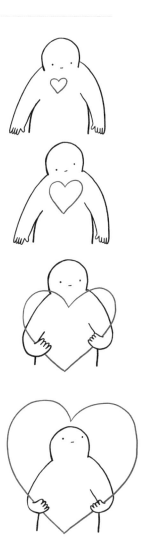

마지막 말이 머무를 곳

마지막 말은 하지 않는 것이 좋다.
그것이 누군가의 상처에 관한 것이라면.

마지막 말은 하지 않는 것이 좋다.
그것이 이미 지나간 일에 관한 것이라면.

마지막 말은 하지 않는 것이 좋다.
그것이 다가오지 않은 이별에 관한 것이라면.

마지막 말은 하지 않는 것이 좋다.
그것이 허락받지 않은 충고에 관한 것이라면.

그러나,
어떤 마지막 말은 잊지 않는 것이 좋다.
그것이 사랑과 감사와 다정한 작별 인사에 관한 것이라면.

한마디 말로 우리는 쉽게 멀어지고
한마디 말로 우리는 멀어지던 순간에도 이어진다.

나들이를 위한 어여쁜 옷을 정성껏 고르듯,
어여쁜 말들을 고르자.

때로는 말 대신 침묵을 선택하자.

적절한 때의 적절한 말과 침묵처럼
관계를 아름답게 지속시키는 것은 없다.

눈물과 미세먼지 닦아내기

몸과 마음의 먼지를 닦아내고
더 윤기 나는 내가 된다

끝나는 것은
삶의 '일부'이지
삶이 아니다.

그리고,
우리에겐 삶의 '2부'가
기다리고 있다.

그리고, 우리에겐 삶의 '2부'가 기다리고 있다.

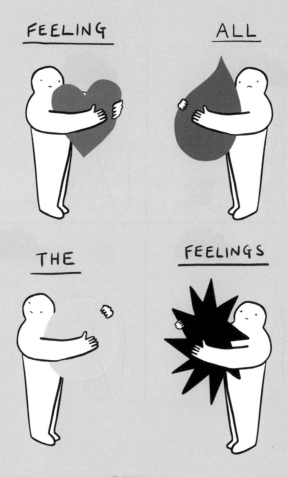

모든 감정을 느껴보기

행복 외에 저평가된 다른 감정도 중요하게 생각하자.

지금 우울하거나, 후회스럽거나, 아프거나,
화가 나거나 슬프다면,
그래도 된다.

우울은 당신을 들여다보게 하고
후회는 당신을 성장하게 하고
아픔은 당신을 휴식하게 하고
분노는 당신을 돌아보게 하고
슬픔은 당신을 깊어지게 한다.

지금 느끼고 있는, 피하고 싶은 이 감정들이 결국,
상장된 주식처럼 더욱 가치 있게 드러날 수도,
성장의 기회로 작용할 수도 있는 법이다.

무언無言의 힌트

우리에게 먼저 말을 걸지 않기에
쉽게 스쳐 지나가 버릴 수 있는 것들에게서
우리는 인생의 소박한 기쁨,
우리 삶에 관한 커다란 힌트를 얻을 수 있다.

나비와 벌과 꽃과 구름, 호수와 잔디와 별과 같은 것들로부터.

의외로 마음 잘 맞는 조용한 성격의 친구처럼
조용한 자연은 소란스러운 도시로부터 받은 상처 위를
속삭이듯 가벼운 날갯짓으로,
온화한 미소 짓듯 평온하게 흐르는 몸짓으로,
눈을 깜빡일 필요 없는 적당한 반짝거림으로,
가만히 감싸 안아줄 것이다.

감시하는 눈이 있는 회의실,
치열함이 지치도록 넘치는 현장을 벗어나
자연 안에 섰을 때, 생각했던 것보다
그 풍경에 훨씬 잘 어울리는 자신을 보며
태어날 때부터 우리 몸에 새겨져 있는 의미,
무언가를 하지 않아도 존재 자체로 아름답다는 사실에 대해
무언의 힌트를 얻게 될 것이다.

그로부터 비로소 내 안을 깨끗이 씻어내는
깊은 안도의 한숨을 내쉴 수 있게 된다.

당신이라서 아름답다.
당신 자체로 의미 있다.
자연은 어른의 티를 내지 않고도 그렇게,
무심하고도 따뜻하고 자연스럽게 용기를 심어준다.

티tea타임, 미me타임

칼과 방패보다 세상을 평화롭게 만들어주는 것
그리고 오늘도 고생한 나의 오후 4시쯤 필요한 것

: 티타임

지금이 바로 머리와 마음의 환기 시간입니다.

좋아하는 일만 할 수는 없다 해도

좋아하는 일만 할 수는 없다.
내키지 않는 일을 해야 할 때도 있다.
그런 과정을 거쳐 내가 원하던 곳으로 갈 수도 있고,
새로운 기회를 내키지 않은 일 안에서 발견할 수도 있다.

그러나 내키지 않는 일이 매일이 된다면,
내 일이, 동시에 내일이 보이지 않는다면,
이것은 정말 아닌데, 이것은 내가 아닌데, 라는 마음이 깊어져
지금 하는 일조차 방해한다면, 그럼에도 계속 그 일을 한다면,
그것은 누군가에게 내 몸을, 내 인생을 빌려주는 것과 같다.

그래서 결정해야 한다.
어떤 대가를 받고 나의 인생을 빌려줄 것인가?
당장의 대가가 적더라도 내가 바라는 인생을 살아갈 것인가?
그 결정을 미루는 사이 인생은
생각하는 것보다 훨씬 빠르게 지나가버릴 수도 있다.

용기는 새로운 일을 시작할 때도 필요하지만
지금 하는 일을 그만둘 때에도 필요하다.
전자의 용기는 당신을 새로운 길로 인도하지만,
후자의 용기는 당신을 잘못된 길로부터 벗어나게 해준다.

우울한 날 우리는, 예술가가 된다

우울한 날도 소중하다.
행복하지 않은 날도 가치 있다.
행복하지 않은 날, 뜻밖의 중요한 발견을 할 수도 있고
우울한 날, 자신과 더 깊은 대화를 나눌 수도 있다.
그날의 기분이 그날의 나를 전부 규정하지는 않으며,
우울한 날의 시간은,
불안하고 위태로운 흔들다리 같은 시간이 아닌,
당신을 섬세한 세계로 이어주는 징검다리 같은 시간이 될 수도 있다.
우울한 날의 시선은 더 깊이 있고, 오묘하며, 또한 현학적이며,
그것은 예술가의 시선을 닮았다.
당신은 삶에 관한 더 크고 중요한 발견을 할 수도 있다.

그러므로 비록 오늘이
행복하지 않거나 우울한 날일지라도,
오늘의 소중한 순간을 시간의 다리 아래로 통째로 내던져버리거나,
나 자신을 홀대하지 않기를.

쓸데없는 날은 없다.
살아 있는 날만 있을 뿐…

미안해, 나 패닉이야.

카드값은 일시불로, 화는 할부로

화내야 할 때 적절히 화내지 않으면,
화내지 않아야 할 때 불같이 화내게 된다.
마음속에 화가 쌓여 관계없는 작은 일에도 와르르 무너지게 된다.

그러니 부당할 때, 억울할 때, 마음 상할 때,
이런 일이 계속될 때,
'나무아미타불'이나 '오른 뺨을 맞으면 왼 뺨을 내밀라'는
구절에 도움을 받는 데 한계가 온다면
화를 잘 내는 방법을 찾아보자.

정중하게 인사하는 법처럼 정중하게 화내는 법도 있다.
우아하게 식사하는 법처럼 우아하게 화내는 법도 있다.
화내지 않으면서 화내는 방법도 있다.

흔들리지 않고 평소보다 낮은 목소리로,
차가운 미소를 띠면서, 그러나 진지한 눈빛으로,
혹은 무거운 침묵으로,
나의 생각과 감정을 알기 쉽게 전하자.

평소에 참아내다 화를 일시불로 낸다면
나도 타인도 그 화를 감당하기 힘들다.

내가 화가 난 정당하고 중요한 이유가
내가 크게 화냈다는 단순한 사건에 묻혀버릴 수도 있다.
내 감정을 몰랐던 타인은
갑작스러워 보이는 나의 감정 변화에 당황할 수 있다.
그러니 참지 말고,
적어도 내가 나의 감정과 언어를 조정할 수 있을 때
울음이나 고함 같은 비언어적인 표현이 아닌,
언어적 표현으로 화를 내자. 마음을 알려주자.
충돌하기 전에 먼저 경고 등을 켜주자.

그것이 나의 감정 탕진을 막는 방법,
상대방을 놀라지 않게 하면서
내 마음을 솔직하고 분명하게 전달할 수 있는 방법이다.

카드값은 일시불로 내도,
화는 할부로 내자.

새어 나가는 마음을 절약할 수 있는 방법이다.

당신을 기쁘게 해줄 많은 것들이
여전히 당신을 기다리고 있다.

실컷 울었다면 고개를 한번 들어보라.
울고 있을 때도 호수는 여전히 반짝인다.
당신을 기쁘게 해줄 많은 것들이 여전히 당신을 기다리고 있다.

상처의 가치

붓을 질 수 없었지만 콜라주로 완성한
마티스*의 〈블루누드〉
소아마비와 교통사고 후 힘겨운 삶 속에서 그려낸
프리다 칼로*의 〈자화상〉
이루어질 수 없는 사랑의 아픔을 겪은 후 집필한
괴테의 〈젊은 베르테르의 슬픔〉
격동기, 가족과 생이별이라는 각박한 삶 속에서 탄생한
이중섭*의 〈황소〉
잇따른 사업 실패와 병마에 시달리는 와중에 발표한
천재 시인 이상*의 〈날개〉

예술은 상처의 가장 아름다운 흉터이다.

마티스
'야수파'를 이끈 프랑스의 화가이다. 고령의 나이로 그림 그리기가 힘들어지자 붓 대신 가위를, 물감 대신 과슈를 칠한 색종이를 사용해 '콜라주' 작업을 시도했다.

프리다 칼로
여성, 장애인, 제3세계인이란 사회적 편견에 맞서 그림을 통해 자신만의 예술혼을 불태웠다. 그녀의 작품은 멕시코의 국보로 지정되어 있다.

이중섭
비운의 시대 천재 화가. 한국전쟁 중 활동
한 서양화가로 시대의 아픔과 굴곡 많은 생
애의 흥분을 '소'라는 모티브를 통해 분출
해냈다.

이상
일제 강점기 《오감도》, 《거울》, 《날개》 등을
저술한 시인·소설가로 우리나라를 대표하
는 자의식 문학의 선구자인 동시에 초현실
주의적 시인으로 일컬어진다. 이중섭과 함
께 《한국을 빛낸 100명의 위인들》이라는
노래에 실려 있다.

당신에게 유해한 말들로 이루어진 다음 페이지를 '나만의 시'로 재탄생시켜주세요.

기법은 자유롭습니다. 컬러풀한 색연필로 오른쪽 페이지에 글자를 덮는 나만의 아름다운 그림을 그리거나, 단어를 연결해 마음에 드는 문장을 발견해도 좋습니다. 이미 쓰여진 글 위에, 지금 나에게 필요한 응원의 말을 시나 캘리그래피로 적어도 좋습니다. 당신의 창의력과 상상력, 잠재력을 발휘해보세요. 몰입하는 순간 내 안의 나쁜 감정과 말들은 휘발될 거예요.

유해한 말들을 당신만의 아름다운 시와 그림으로 재탄생시키는 리포엠 작업은 당신의 현실에도 적용할 수 있습니다. 오늘 누가 당신에게 뱉은 나쁜 말들은 흘려버리고 혹은 재료로 삼아 당신만의 언어를 찾고 만들어내고 간직하세요. 새로운 다짐이나 결심을 하거나 의미 있는 것들로 재탄생시켜보세요. 기분이 좋아질 겁니다. 내 안에는 나를 살리는 시인이 존재합니다.

17

셀프가드닝 프로젝트

나의 시를 다시 쓰자_Re-poem

유해한 말로 이루어진 이 페이지를 나만의 시와 그림으로 재탄생시켜보자.
그리고 현실에서 종종 마주치는 유해한 실전 상황에서도 내 마음에 적용
해보자. 내 안에 나를 살리는 예술가가 존재한다.

보잘것없는 너에게

나쁜 꿈을 꾸고 있다. 너는 축축한 구덩이에 빠져 있다. 겨우 고개를 들어 올려다보니 달은
희뿌옇게 빛나고 늑대 여러 놈이 너를 잡아먹기 위해 붉고 길게 찢어진 입을 벌린 채 내려다
보고 있다. 도움의 손길은 없고, 너는 망연자실하다. 희망, 절망의 카드 중 너는, 너에게 익숙
한 카드를 주저 없이 고른다. 그 카드의 뒷면을 본다. 여러 가지 말들이 적혀 있다. "너는 아무
것도 아니야. 너는 편의점의 영수증처럼 구겨져 버려질 거야. 너는 아무것도 할 수 없어. 과
거는 실수투성이, 현재는 무기력함, 내일? 내일은 그저 나쁜 오늘의 반복이겠지. 그냥 이 구
덩이에 빠져 있듯 수동적으로 삶을 받아들이면 돼. 그게 너에게 가장 잘 어울려. 시간이 없
다고? 맞아, 아주 멋진 사실처럼 보이는 핑계거리지. 또한 네가 결코 네 삶을 바꿀 수 없는 아
주 중요한 이유야. 시간은 언제나 부족해. 네가 80년 긴 인생을 살더라도 너의 하루는 늘 시
간이 부족한 아이러니에 시달릴 거야. 너의 잠재력을 믿는다고? 훗. 잠재력과 능력은 아주
특별한 사람만이 갖고 있는 신의 선물이야. 그리고 신은 아무에게나 선물을 주지 않아. 혹시
모르니 일단 번호표를 뽑고 기다려봐. 그래, 그냥 기다리라고, 지금 네 자리에서, 아무것도.
하지. 말고. 때마침 나는 천둥소리와도 비슷한 어떤 외부의 소리를 듣는다. 그것은 외부의 소
리지만 천둥처럼 저 멀리서 또한 아주 가까이에서 들리기도 한다. 나에게 말을 거는 그 소리
를 들으면서 나는 축축하고 깊은 이곳에서 무언가를 상상하기 시작한다. 가위에 눌렸을 때
깨어나기 위해 취하는 동작처럼, 마침내 가까스로 손가락을 움직여 무언가를 적어 내려가
기 시작한다. 나는 과연 이 나쁜 꿈에서 깨어날 수 있을까? 어떤 대답이 나의 더 깊은 곳에서
들려온다.

나와 사회적 거리 두기

산다는 것은 다 그런 것이지만
살아 있다는 것은 그보다 소중할 수 없다.

이렇게 저렇게 바쁘게 살아가는 와중에
문득 살아 있다는 것 자체의 소중함을 기억한다면,
조금 멀리서 나와 내 삶을 바라볼 수 있다면,

덜 안달하게 되고 더 여유로워지고,
덜 인색해지고 더 너그러워지고,
덜 깐깐해지고 더 따뜻해지고,
덜 부족해하고 더 감사하게 된다.
내 눈을 흐리게 만들었던 것들은 사라지고,
행복할 수 있는 이유는 더 분명해진다.

더불어 나와 같이 살아 있는 다른 이들에 대한
존중 또한 가질 수 있게 된다.

또한 나와 다른 사람들뿐 아니라
지나가는 길에서 우연히 마주친,
지금 이 시간 함께 살아 있다는 커다란 공통점을 가진
작은 풀꽃, 달팽이, 새, 꿀벌과 같은 생명들에게도

동질감과 공감을 느낄 수 있게 된다.
눈인사로 안부를 건넬 여유를 가질 수 있게 된다.

가끔씩 어떤 상황 때문에 각박해진 나 자신을 벗어나
스스로와 사회적 거리를 두고
나를, 세상을 바라보자.

못 보던 중요한 것들을 다시 발견할 수 있을 것이다.

MEANWHILE, OUTDOORS

좋아하는 것들의 무게로

진심을 이야기할 때 멀어지는 사람은
원래부터 당신의 사람이 아니다.
그러니 관계의 무게를 가볍게.

아무리 가지려 해도 가질 수 없는 것은
원래부터 당신의 것이 아니다.
그러니 욕망의 무게를 가볍게.

오늘 우울한 것이
당신의 삶이 우울하다는 의미는 아니다.
그러니 이 밤 인생의 무게를 가볍게.

대신 당신이 좋아하는 것들로 당신의 양팔을 무겁게.
왼손에는 치킨, 오른손에는 맥주를
혹은 갖고 싶은 것들을 담은 장바구니를.

우리에겐 아직 충분히 비울 것들과 충분히 채울 것들이 남았다.
또한 내 손에 무겁지만 마음에는 가벼운 것들로,
무거운 인생을 한결 가볍게 만들 수 있다.

18

내가 좋아하는 것 리스트

내 마음을 무겁게 하는 것들을 버리고, 이 순간 내 손을 무겁게, 그러나 내 마음을 가볍게 할 수 있는 나만의 좋아하는 것들 리스트, 쇼핑 리스트 혹은 배달 맛집, 먹고 싶은 메뉴 리스트, 주말에 가고 싶은 장소 리스트 등 어떤 주제의 리스트든 열어놓고 작성해보자. 쉽게 접하거나 구할 수 있지만 기분을 달래기에 손색이 없는 것일수록 좋다. 단, 너무 값비싸 욕망과 죄책감의 무게가 더해지는 품목은 이 순간 지양하도록 하자.

_____ 리스트

1.
2.
3.
4.

_____ 리스트

1.
2.
3.
4.
5.
6.

_____ 리스트

1.
2.
3.

말을 제대로 하는 어른이 되는 스물한 가지 방법

_아인슈타인의 Z에 관하여

A가 인생의 성공이라면 A=X+Y+Z이다. X는 일, Y는 놀이,

Z는 입을 다물고 있는 것이다.

- 알버트 아인슈타인

말을 가장 제대로 하는 법은 적게 말하는 것이다.

말은 하는 것보다 들으면 들을수록 득이 된다.

그럼에도 말을 해야 할 때는 아래의 몇 가지를 염두에 두면 좋다.

1. 다른 사람의 약점이나 단점을 농담 삼아 이야기하지 않는다. 누군가의 자존감은 농담거리가 아니다.

2. 제3자의 불행에 관한 수다를 떨지 않는다.

3. 험담과 뒷말을 하지 않는다. 소문보다 빠르게 퍼지고 어느 순간 당신을 무안하거나 곤란하게 만들 것이다.

4. 필요할 때 나에 대해 어필하되 길게 자랑하지는 않는다.

5. 비밀이야, 라는 말은 이미 비밀로서 효력을 잃은 말임을 안다.

6. 부정적인 말을 무의식적으로나 습관적으로 하지 않는다.

7. 자신의 속내를 털어놓는 척 당신의 속내를 파헤치려는 사람을 조심한다.

8. 적과, 친구인 척하는 적에게는 가장 적은 말을 한다.

9. 나 자신의 격한 감정을 메일이나 문자로 바로·전달하지 않는다.

10. 하게 된다면 내 감정을 며칠간 지켜본 후에 한다.

말하기 전 먼저 생각하기

다른 사람의 약점이나 단점을 농담 삼아 이야기하지 않는다.

11. 메일이나 문자로 하지 않을 말들은 전화나 직접 얼굴을 보고서는 더욱 하지 않는다. 감정적 미숙함을 드러낼 뿐이다.

12. 설득력 없는 변명이나 변호는 사람을 거짓되고 나약하게 보이게 만든다.

13. 자신이나 타인의 지나간 실수나 실패, 아픔을 다시금 화제로 삼지 않는다.

14. '감사합니다'와 '죄송합니다'를 말할 때는 '그러나'를 덧붙이지 않는다.

15. '용서한다'는 말을 번복하지 않는다.

16. 말할 때 예의를 생략해도 되는 사람은 지위와 나이를 막론하고 없다.

17. 밥 먹기 전과 밥 먹을 때 무거운 이야기는 하지 않는다.

18. 온라인상에서는 되도록 적게 말한다. 감정이 전달되지 않아 오해가 생기기 쉽다.

19. 못 한 말은 다시 할 기회가 있지만, 뱉은 말에는 기회가 없다.

20. 다른 사람의 말을 듣는 것은 위의 모든 하지 말아야 할 말을 합친 것보다 많아도 좋다.

21. 그럼에도 불구하고 꼭 해야 할 말들이 있다면 할 것. 그것이 또한 당신의 삶의 스타일이므로.

그것이 또한 당신의 삶의 스타일이므로.

바람개비라는 변치 않는 사실

인생의 쉬는 시간 1. 휴식에도 타이밍
쉬어야 할 때 쉬지 않으면,
뛰어야 할 때 뛸 수 없다.

인생의 쉬는 시간 2. 바람개비라는 변치 않는 사실
바람이 불지 않는 순간에도
바람개비는 바람개비다.
당신은 당신이다.

그러니 때로 멈추어 가길.

인생의 쉬는 시간 3. 치킨 제2의 기능
사람들은 매주 금요일 밤 정신과 상담을 받는 대신
치킨을 주문한다.

미리 괜찮다고 생각해보자, 어차피 괜찮아질 테니

얼굴도 모르는 사람의 불친절한 말이나 행동에
나빴던 기분이 해소될 시간 약 40분,
회사에서의 말실수로 이불킥할 시간
약 일주일, 그리고 그다음의 한 달 동안 문득문득,
실패의 감정으로부터 벗어나는 시간 약 90일 ±알파,
친구가 나를 배신했을 때 받은 상처가 나을 시간 약 5개월,
이별에 대해 무던해질 시간 약 7개월,
그리고 간혹 불현듯 마주칠 짧은 아픈 순간들의 합.

시간이 약이라고 한다. 아무것도 하지 않아도
시간은 상처를 낫게 하고 힘든 감정을 옅어지게 해줄 것이다.
하지만 그때까지, 괜찮아질 때까지 계속 아파야 한다면,
괜찮아질 때까지 기다리지 말고, 지금 괜찮아져보자.

시간이 약이라면, 그것을 이용하자.
지금이 바로 며칠 후, 몇 주 후, 혹은 몇 달 후라고 상상해보자.
미래의 시점에 지금의 당신이 미리 가 있는 것이다.
드라마의 암전 후 '몇 년 후'라는 자막이 뜨며
모든 문제는 해결되고 헤어스타일이 바뀐 주인공이
생기 있는 모습으로 다시 나타나듯,
스스로가 그 주인공이라고 상상해보자.

그리고
불분명한 미래가 아닌 분명한 현재로부터,
거짓말로 기만하며 나를 속이는 사람이 아닌
진실한 응원을 해주는 사람으로부터,
나를 좋아하고, 내가 좋아하는 것들로부터 에너지를 얻으며
내가 괜찮아질 수 있는 시간을 좀 더 앞당겨보자.

괜찮지 않아도 된다. 인생에서 괜찮지 않은 날들도 분명 있다.
하지만 괜찮아질 때까지의 시간이 너무 길어 지쳐버린다면,
충분히 행복할 수 있는 날들이 어떠한 이유로 그렇지 못하다면,
우리의 삶은 한정되어 있으므로
그런 시간들은 삶의 아까운 날들이 된다.

인생은 짧고 소중하고 또 아름답기에
당신은 더욱 그렇기에
어차피 괜찮아질 거라는 이 말이 또한 위안이 될 테니,
미리 괜찮다고 생각해보자.

어느 순간 정말,
괜찮아져 있는 나를 발견할 것이다.

어떤 음악도 당신의 기분을 달래줄 수 없을 때,
기분을 달래줄 수 있는 음악을 찾아 헤매는 것보다
잠시 음악을 끄는 방법도 있다.

그렇게, 위로마저 멈춤이 필요할 때가 있다.

나의 가능성을 잘 아는 증인

때로 우리는
타인의 오해 어린 시선에 시달리곤 한다.

그럴 때 남은 모르지만 내가 아는 나의 모습을 떠올림으로써
타인의 시선에 휩쓸릴 자아를 지킬 수 있다.

소금 대신 설탕을 넣어 요리를 망치더라도
모두를 감탄시킨 마들렌을 구워낸 자신을 기억하면 된다.

재미없는 농담에 싸늘한 시선을 느낄지라도
기발한 재치로 청중을 사로잡았던 자신을 떠올리면 된다.

단순한 셈을 틀려 무안을 당하더라도
복잡한 과제를 성공적으로 풀어낸 자신을 되새기면 된다.

평범한 아이디어로 주목받지 못하더라도
얼마 전 놀라운 아이디어로 박수를 받았던 것도
자신이라는 것을 잊지 않으면 된다.

남들이 잊어버린 혹은 잘 알지 못하지만
당신은 아는 중요한 그 모습이 바로 당신이며 그런 모습들이

흔들리는 순간
자신을 잃지 않도록, 앞으로 나아가도록 용기를 준다.

당신 스스로가
꽤 괜찮은 당신에 대한 증인이자
더 멋져질 자신에 대한 응원이 되길.

적어도 우리는 그렇게
나의 가능성을 가장 잘 아는
한 사람을 알고 있다.

나의 가능성을 잘 아는 증인, 바로 나의 증언들

학창 시절 받았던 상장이 언제 사라진 줄도 모르는 것처럼 누구도 내가 잘
했던 일들에 대해 따로 기록해두지 않는다. 그런 아깝고 소중한 순간들이
기억 속에서 자연히 사라지곤 한다. 당신이 잘해왔던 그 일들이, 마음에 드
는 당신의 그 모습들이 당신이 힘든 시기, 슬럼프에 빠진 시기, 타인의 말과
행동으로 풀이 죽은 시기에 크고 작은 힘이 될 수 있음에도 불구하고. 그
러므로 이 페이지에 꽤 괜찮은 나 자신에 대한, 내가 가장 잘 알고 있는 나
의 멋진 모습, 어려움을 이겨낸 나 자신에 대한 기록을 해두자. 이 증언들
은 나의 가능성을 입증하고 용기와 자존감을 북돋워줄 것이다. 잠깐 위축
된 어깨를 다시 당당하게 펼 수 있도록 도와주고, 다시 앞으로 나아가는
데 큰 응원이 될 것이다.
언제인지는 관계없다. 어릴 적부터 바로 오늘까지 당신이 기억하는 크고 작
은 괜찮은 모습들을 증언하면 된다.

증언 1:

증언 2:

증언 3:

증언 4:

증언 5:

알맞은 계절을 기다리기

혹독한 계절을 견뎌내면
반드시 다음의 순풍이 분다

그럼에도 당신이 계속 나아가야 하는 이유

"이 아이는 혼란스러운 녀석입니다."

- 어릴 적 에디슨에 대한 선생님의 평가

"B급 TV 프로그램이나 라스베이거스 쇼와 유사하다."

- 21세기 대표 팝아티스트 앤디 워홀에 대한 초기 비평

"너무 못생겼어. 누가 그녀를 데려온 거지?"

- 무명 시절 메릴 스트립(아카데미 3회 수상)에 대한 제작자의 말

"극단적으로 과장된 현실, 우연투성이의 이야기 전개는
한 편의 난센스 코미디를 보는 듯하다."

- 신인 시절 봉준호 감독(오스카 작품상 수상) 영화에 대한 일간지의 평

당신이 무언가를 할 수 없을 것이라고
말하는 사람들이 있다면 고마워하자.
훗날 당신이 그것을 해냈을 때
가장 놀라워할 사람들 또한 그들이므로.

그것이 누군가 당신에게
무언가를 할 수 없을 것이라고 말할지라도,
당신이 결코 멈추지 않아야 할 무수한 이유 중 하나이다.

KEEP GOING

두려움은 위치 에너지

내가 얻을 성공의 크기는
그 일을 시작하기 전
다가오는 두려움의 크기에서 가늠할 수 있다.

두려움이 클수록 성공도 크다.
두려움이 클수록 시작하라.

두려움이라는 무거운 감정은
당신을 원하는 곳으로 가볍게 데려다줄
위치 에너지가 된다.

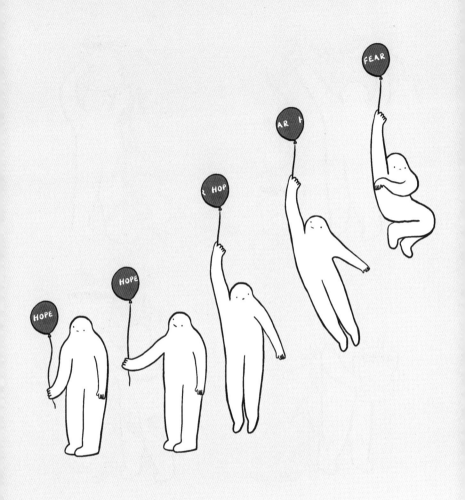

두려움이라는 무거운 감정은
당신을 원하는 곳으로 가볍게 데려다줄
위치 에너지가 된다.

컨트롤할 수 있는 것들로
충분히 우리는 우리 삶을 원하는 방향으로 움직일 수 있다.

컨트롤할 수 없는 것과 킨트롤할 수 있는 것

인생에는
컨트롤할 수 없는 것과
컨트롤할 수 있는 것이 있다.

그날의 날씨,
버스의 가고 멈춤,
운,
선택의 결과,
타인의 시선은 컨트롤할 수 없는 것들이다.

그날의 옷,
멈출 것인가, 뛸 것인가,
노력,
선택의 결과를 받아들이는 방법,
나 자신은 컨트롤할 수 있는 것들이다.

컨트롤할 수 없는 것이 내 삶을 방해한다 해도,

컨트롤할 수 있는 것들로
충분히 우리는 우리 삶을 원하는 방향으로 움직일 수 있다.

날씨가 추워지면 옷을 껴입을 수 있고,
버스를 놓치지 않기 위해 달릴 수 있고,
운이 따라주지 않았다 해도 다음을 위한 노력을 계속할 수 있고,
선택의 결과로부터 배울 수 있고,
타인의 시선을 신경 쓰는 대신
내 가능성을 깨닫고
내가 원하는 모습을 만들어가는 데 집중할 수 있다.

그렇다면 내 인생에서
컨트롤할 수 없는 것들을 바라보지 말고
컨트롤할 수 있는 것들을 바라보자.

가장 먼저 시선을 바꾸는 것만으로
이미 인생은 내가 원하는 방향으로
나아가고 있는 것이다.

절망 속에는 언제나 실낱같은 희망이 있다.
그 실낱같은 희망을 던져버리지 않는 것이 진짜 용기이다.

실낱같은 희망을 붙잡은 그대.
그 실로 한 벌의 스웨터를 짤 수 있기를….

왜 노래를 멈춰야 하는가?

왜 노래를 멈춰야 하는가?
낯선 이가 듣고 있기 때문에
왜 걷기를 멈춰야 하는가?
신발이 더러워지기 때문에
왜 서로 보듬고 포옹하기를 멈춰야 하는가?
눈 앞의 버스를 놓쳐서는 안 되기에
왜 웃는 것을 멈춰야 하는가?
내일 슬픈 일이 생길지도 모르기 때문에

왜 계속 침묵해야 하는가?
모두가 침묵하기 때문에
왜 계속 쳇바퀴를 돌아야 하는가?
지금껏 그래왔기 때문에
왜 넘어진 채로 일어서지 않는가?
더 이상 넘어지지 않기 위해
왜 더 이상 '왜?'라고 묻지 않는가?
질문에 답하기에 커피는 빨리 식고 하루는 너무 짧기에…

우리는 너무나 하찮은 이유 때문에 좋아하는 것들을 포기하고
너무나 우스운 이유 때문에 하기 싫은 것들을 계속한다.

노래를 멈추지 말길.
계속 걸어가길.
서로 보듬고 사랑하며 웃길.
하고 싶은 것을 하지 않을 이유를 찾지 말고
하고 싶은 것을 찾아가길.

커피는 빨리 식고 하루는 너무 짧기에
삶은 길고 우리는 아직 꿈꿀 수 있기에.

폭풍우 속 버드나무처럼 헝클어져도 좋다

지금, 폭풍우 속 버드나무처럼 마구 헝클어져도 좋다.
불 속 늑대처럼 날뛰며 울부짖어도 좋다.
수면 위 던져진 돌처럼 파문을 일으켜도 좋다.
바람 불지 않는 날의 깃발처럼 무기력해져도 좋다.

다만 그럼에도 아슬아슬하게 자신의 끈을 놓지 않고 있다면,
그렇게라도 당신이 맞닥뜨린 고비를 넘긴다면,
폭풍 후 아무 일 없다는 듯 다시 잔잔해지는 바다처럼
지금 빠져 있는 상황, 감정, 끝이 안 보이는 터널로부터,
견딜 수 없는 어둠으로부터 빠져나올 순간이 반드시 온다.
깊이를 알 수 없는 늪에서 빠져나올 순간이 반드시 온다.

당신이 부러워하는
아주 평온하고도 우아해 보이는 그 사람들
모두,
놀랐겠지만, 몰랐겠지만,
그 순간을 지나왔다.

당신도 예외는 아니다.
지금도 예외는 아니다.

키가 크든 작든, 잎사귀가 뾰족하든, 둥글든,
모든 나무에게 폭풍우 다음 날의 청명한 하늘은
반드시 온다.

삶의 가벼운 무거움

변화는 갑작스럽다.
그러나 우리는 변화에게 갑작스럽지 않기를 기대한다.

이별은 아프다.
그러나 우리는 이별에게 가슴 아프지 않기를 기대한다.

꿈을 이루는 것은 힘들다.
그러나 우리는 꿈에게 쉽게 다가와 주기를 기대한다.

변화와 이별과 꿈, 그 밖의 인생의 다양한 사건들 앞에서
그 무게를 견디기 힘든 것은 어쩌면
삶 그 자체의 무게보다
기대의 무게가 더해졌기 때문인지 모른다.

자꾸만 어깨가 무거워질 때는
아무 준비도 필요 없이
추운 날 공원의 갈대 숲을 거닐어보자.

한때는 가장 아름답게 바람에 흔들리고
햇볕 아래서 초록으로 또 은빛으로 빛나던 갈대는,
생을 마감하는 가장 무거운 순간에조차

모든 사람들이 무거운 짐을 지고 간다.

어떠한 비명도, 저항도 없이
스러진다.
가벼이.

그렇게 조용하고 평화롭고 일상과도 같은
갈대들의 죽음을 목격하는 것만으로,
주어진 상황을 있는 그대로,
조금 더 담담하게 받아들일 수 있게 될 것이다.

변화는 갑작스럽고,
이별은 아프고,
실패는 무겁고,
꿈을 이루는 과정은 힘들다는 것.
나의 인생만 그런 것이 아니라
누구나 인생이란 원래 그러한 것.

그렇게 삶의 무게를 담담히 받아들인 후
아이러니하게도 우리는 가벼워진 마음으로, 기분으로
다시 나아갈 힘을, 기운을
얻게 된다.

복수, 그게 뭔데?

복수의 칼날은 복수의 대상을 향하는 것이 아니라
내가 나아갈 곳의 수풀을 헤치는 데 쓰는 것이다.

전자는 당신을 복수에서 멈추게 하지만
후자는 당신이 가고 싶은 곳으로 나아가게 만든다.

복수를 떠올릴 필요조차 없는 멋진 곳으로.

허브들의 여름

민트, 박하와 같은 허브들에게 여름 나기는 쉽지 않다.
병충해도 없고 물을 정상적으로 주어도
7월 중순쯤 되면 잎이 시들해지기 시작하고 노랗게 변해서 떨어진다.

어떤 허브들에게 여름 나기는 힘들다.
우리들에게도 허브들의 여름 같은 시기가 있다.
똑같은 일상, 똑같이 만나는 사람들, 똑같이 겪는 일들인데
유독 지치고, 거리가 느껴지고, 버거울 때가 있다.
노력하는데도 마음대로 되지 않고
노력하기조차 힘들 때가 있다.
그럴 때는 여름이 지나가길 기다리듯, 잠시 기다려주자.

시간이 지난 후 아래 부분을 보면 허브의 새싹이 돋아 있다.
이럴 때는 가지치기하고 뿌리를 정리하고
다시 화분에 심어 물을 듬뿍 준 후 반그늘에 놓아두면
새싹이 자라기 시작한다.

우리의 인생도 마찬가지.
허브의 여름 같은 시기는
단지 힘든 시기가 아닌
잠시 멈추고 정리하고 새로운 변화를 기대할 수 있는 시기이다.

시들었던 민트가 다시 싱싱한 잎들로 자라나 결국
레모네이드의 맛을 더욱 상큼하게 만들어주는 것처럼….

히프의 여름 같은 시기는
단지 힘든 시기가 아닌 잠시 멈추고 정리하고
새로운 변화를 기대할 수 있는 시기이다.

상처나 아픔이 되는 별 중요치 않은 말,
한 귀로 듣고 한 귀로 흘리기를.
눈은 소중한 것을 찬찬히 바라볼 수 있기를.
턱은 높이 들어 종종 하늘을 마주하기를.
목소리는 낮추지 않고 하고 싶은 말을 하되
입에서 나오는 말은 가시 아닌 꽃이 되기를.
머리와 어깨는 가볍기를, 무겁다면
누군가의 어깨에 편히 기댈 수 있기를.
허리는 곧게 세우면서 자신감을 함께 채우기를.
다리는 가고 싶은 그곳을 향해 매일 조금씩 움직이기를.
발은 아스팔트 대신 때로 풀과 흙을 밟기를.
새로운 길을 주저 말고 밟아보기를.
손은 늘 따뜻하기를.
좋아하는 이의 손은 놓치지 않기를.

그렇게 자기 자신과 또한 소중한 누군가의
머리, 어깨, 무릎, 발을 쓰다듬고 사랑할 수 있기를.

LET THE

MUSIC

TAKE YOU

AWAY

음악이 너를 데려가도록.

가장 아름다운 노래는
결국 노래를 멈추지 않은 사람에 의해 불린다.

노래를 멈추지 않는다면

노래의 같은 부분에서 곧잘 음정을 틀리는 것처럼,
인생의 같은 부분에서 실수를 반복하곤 한다.

그렇다고 해서 그 부분을 뛰어넘는다면
노래 한 곡을 다 끝마칠 수 없다.
마찬가지로 실수를 피하려 도망쳐 다니기만 한다면
그 문제에 있어서는 그곳에 멈춰 있을 수밖에 없다.

스스로에 대하여 또한 실수에 대하여 관대해지길.
반복된 실수는 곧 반복된 연습,
한 번 더 실수를 함으로써 실수를 하지 않을 확률은 더 높아졌다.

가장 아름다운 노래는
결국 노래를 멈추지 않은 사람에 의해 불린다.

당신을 지금 이곳에 데려다준 것은
그때 멈추지 않은 자기 자신인 것처럼.

'자신'을 얻다

레시피는 당신에게 요리를 가르쳐주지만
당신만의 요리를 가르쳐주지는 않는다.

나침반은 당신에게 동서남북을 알려주지만
당신만의 방향을 알려주지는 않는다.

악보는 당신에게 음악을 알려주지만
당신만의 리듬과 멜로디를 들려주지는 않고,

가이드북은 당신에게 명소를 알려주지만
당신 취향의 작은 오두막 카페를 알려주지는 않는다.

똑같은 요리, 똑같은 길, 음악이나 여행이 아닌
나만의 것을 만들고, 찾기를 원한다면
레시피와 지도, 악보와 가이드북 대신
약간의 용기와 몇 번의 실패가 필요하다.

그 결과 얻게 되는 것은
서툴더라도 의미 있는, 당신이 만들고 찾은 것,
그리고
당신 자신이다.

그렇게 '자신을 얻는 것'이다.

+ '자신을 얻는다'라는 말은 그렇게 '용기를 낸 대가로 얻는
  자신'이라는 의미인지도 모른다.

I'M A

WORK

IN

PROGRESS

더 나은 내가 되어가고 있어.

어둠 속을 헤맬 때 알아야 할 것들

새벽에서 아침이 될 때
짧은 시간 동안 대지는 밝아진다.

그러나 그 일이 정말 짧은 시간 동안 일어난 것은 아니다.
어둠은 진작부터 조금씩 밀려나고 있었고
그것들의 결과가 새벽이라는 짧은 시간에 보여지는 것뿐이다.

지금 어둠 속을 걷고 있다면 기억해야 할 것은
어둠이 눈을 가리고 발걸음을 더디게 할지라도 멈추지 않는다면
똑같은 어둠 속일지라도
지금 이 어둠은 아까의 그 어둠이 아니라는 것이다.
지금 이 어둠은 빛에 조금 더 가까이에 있다.

걸음을 멈추지 않길,
밤의 터널을 부지런히 걸어온 자에게
아침은 반드시 온다.

지금 이 어둠은 빛에 조금 더 가까이에 있다.

꽃은 밝은 날의 흔적이고,
열매는 바람 불던 날의 흔적이다.

바람이 세차게 분다는 것은
꽃가루가 이동하고 있다는 뜻이다.

그러므로, 인생에서 바람이 세차게 불 때
보이지 않지만 꽃가루가 이동하고 있다고 생각하면 된다.
언젠가 예쁘게 열매 맺게 할.

마침내, 당신의 계절은 온다

넘어진 후 언제 일어나야 할지는
누구도 말해주지 않는다.

휴대폰의 알람 소리나
운동회의 100미터 달리기 출발 총성,
다른 누군가의 보챔 혹은 질책과 같은
다른 외부의 신호는 상관없다.
누가 어떻게 살고 있는지,
어떤 성공을 거두었고 어떤 실패를 했는지,
아침으로 무얼 먹고 저녁엔 얼마나 화려한 모임에 참석했는지,
그 모임에 어떤 가방을 메고 어떤 차를 타고 왔는지와 같은
외부에서 들려오는 소식도 상관없다.

단지 당신에게 스스로에 대한 호기심이 다시 생긴다면
그때쯤일 것이다.

내가 하는 말이 어떤 효력을 발휘할지
내가 어디까지 갈 수 있을지
내가 가는 길이 어떤 모양의 지도를 만들지
나의 추상적인 시간들이 어떤 구체적인 결과물로 나타날지
다시금 궁금해지는 순간.

반달곰이 겨울잠에서 깨어나 기지개를 켜듯
노루귀꽃의 하얀 솜털이 봄에 피어나듯
나 자신에 대한 호기심이 일렁일 때,
당신은 준비가 된 것이다.

겨울잠은 그만큼이면 되었다.
다시 당신의 계절이 온 것이다.

드디어 꽃을 피우기

누군가를 팔로잉Following하지 않고
나 자신을 그로잉Growing할 수 있도록

꿈꾸지 않아도 괜찮아, 라는 거짓말

꿈꾸지 않아도 괜찮아
성공하지 않아도 괜찮아
사랑받지 않아도 괜찮아
그냥 지금을 즐겨,
하고
쿨하게 말하는 사람들은 정작
꿈을 이뤘고
성공했으며
유행과도 같은 듣기 좋은 말들로
실은 더 많은 사랑을 갈구하는 이들이다.
이미 가진 것으로
지금을 즐기기만 해도 부족하지 않은 사람들이다.

대신 성공의 기준은 모두 달라,
당신의 슬픔을 모르는 많은 사람들에게
사랑받는 것은 행운이겠지만,
당신의 슬픔까지 이해하는
소수의 사람들과의 관계도 무엇보다 소중해,
그리고 무엇보다,
꿈을 이루지 않아도 괜찮아,
하지만 크든 작든 가슴에 꿈을 품으며 살아,

라고 말해주는 사람이 있으면 좋겠다.
꼭 거창해야만 그것이 꿈은 아니며,
어떤 일을 떠올렸을 때 당신을 가슴을 설레게 하는 모든 일들이
꿈이 될 수 있다고,
꿈을 품는 것이 우리의 삶을 훨씬 풍요롭게 만들어준다고
덧붙여 말해주는 누군가가 당신 곁에 있으면 좋겠다.

크든 작든
가슴에 꿈을 품으며 살아.

내 인생의 시간들

오전 10시 면접에 늦지 않을 시간
: 오전 8시 30분, 1004번 버스
마라톤 회의 후 간식과 수다가 가장 달콤할 시간
: 오후 3시 30분, 8층 휴게실
자연 조명으로 가장 아름다운 사진을 담을 수 있는 매직 아워*
: 오후 5시부터 7시, 선유도 공원
애매한 야근 후, 아직 친구와 수다 떨 수 있는 시간
: 밤 9시 20분, 성수역 7번 출구, 카페
드라마가 가장 재미있을 시간
: 밤 10시, 스위트 홈

인생에서 지금을 놓치지 말길.

지금 내가 몇 살인지는
지금이 몇 시인지보다 중요하지 않다.

나무의 나이가 궁금하다면 나무를 잘라야만 한다.
그러나 우리가 나무의 나이를 몰라도
나무는 여전히
시원한 나무 그늘과,
나뭇잎 사이로 햇살이 흔들리는 빛나는 풍경과,

달콤한 열매를 선사하듯,

내가 나 스스로를 위해, 혹은 다른 사람을 위해
작은 무언가를 할 수 있는 이상,
나이는 지금이 몇 시인지보다 중요하지 않다.

'의미 있는 내 인생의 시간들'은
과연 몇 시 몇 분을 가리키고 있을까?

매직 아워Magic hour
촬영에 필요한 일광이 충분한 황혼 시간대로,
따뜻하며 낭만적인 느낌의 사진을 찍을 수
있다.

내일부터 해야지 하고
내일부터 하는 사람은
정말 독한 사람이다.

미루면 미룰수록 인간의 의지는 약해지는 법.

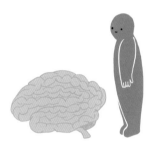

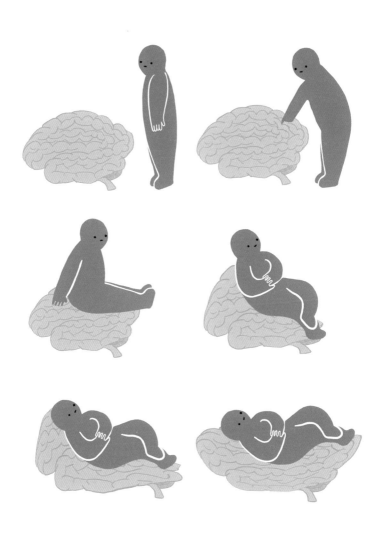

난 왜 이렇게 복잡하게 생각할까!

복잡한 생각이 들 때 복잡한 감정에 휩싸일 때
우리는 그 생각과 감정에 복잡함 한 가지를 추가한다.
바로, 복잡한 자신에 대한 자책.
"난 왜 이렇게 복잡하게 생각할까!"

사실, 살아 있는 인간은 원래 복잡한 존재이다.
'내가 복잡하게 생각한다는 것'을 생각한다는 것은,
인간을 다른 동물과 구별해주는 자아성찰 능력인
메타 인지* 덕분이다.
동시에 자책감, 슬픔, 기쁨, 분노 등 인간의 감정은
굉장히 신속한 계산 시스템이며 AI가 구현하기 힘든 능력이다.

다른 동물이나 AI는 따라잡을 수 없는 복잡 미묘한,
그래서 더 특별하고 아름다운 인간의 머릿속.
인간의 생각이 복잡하지 않다면
로댕의 '생각하는 사람'도 탄생하지 않았을 것이다.
그러니 "난 왜 이렇게 복잡하게 생각할까!"라는 자책 대신
자부심과 너그러움을 가져도 좋다.

*
메타 인지
자기 자신을 객관적으로 볼 수 있는 능력으로,
'내가 무엇을 알고 무엇을 모르는가'를 아는 능력.

지금. 내 안엔. 너무도. 복잡한. 생각들이. 가득해.

나에게 좋은 말, 내 몸에 좋은 말

나에게 좋은 짧은 유년 시절
물을 쏟거나, 음식을 흘리거나, 벽에 낙서를 하거나,
같은 실수를 여러 번 해도 크게 야단맞지 않았다.
대신 두 손을 마주쳐 손뼉을 친다거나
노래를 서툴게 따라 부른다거나 하는
작은 행동으로도 커다란 칭찬을 받았다.
그런 칭찬들이 무의식에 쌓여 당신의 자존감을 만들었다.

10대를 지나 어른이 되어 20대, 30대, 40대, 50대로 접어들면서
사람들은 당신을 칭찬하기보다
실수와 실패에 더 주목하기 시작했다.
내가 실수로 한 말, 생각 없이 저지른 행동,
크고 작은 실패에 대해 앞에서 지적하거나 뒤에서 말하곤 했다.

그러나 당신이 어른이 되었다는 것은 동시에,
더 이상 다른 이의 칭찬이나 좋은 말에
기대지 않아도 된다는 뜻이기도 하다.
당신이 당신 스스로에게 필요한 말,
좋은 말을 건넬 수 있기 때문이다.

하루에 몇 번, 애매모호한 느낌이 아니라

분명하게 언어로 전해보기를…
"오늘 따라 멋져 보인다."
"그렇게 얘기한 건 참 잘했어."
"누구나 실수는 하는 거야."
"오늘 하루도 수고했다."

또는 내가 이루고 싶은 크고 작은 일들에 대해 격려해보기를.
"너는 이번 프레젠테이션을 성공적으로 잘해낼 수 있어."
"저 다리까지 100미터만 더 뛸 수 있어."
"야식을 먹지 않을 수 있어."
"더 괜찮은 인생을 살아갈 수 있어."

미국 일리노이대학교 연구에 따르면
혼잣말이 동기 부여와 자제력 향상에 도움이 된다고 한다.
그럴 때는 '나'라는 1인칭보다 '너'라는 2인칭으로 칭하는 것이 좋다.
스스로에게 하는 혼잣말은 마치 다른 사람으로부터
격려와 지지를 받는 것 같은 느낌을 주기 때문이다.

어릴 적 칭찬과 격려하는 말들이 쌓여 자존감이 되었듯
오늘 내가 스스로 하는 좋은 말들이 쌓여
더 나은 나를 만들어갈 수 있다.

사랑한다는 말은 식물조차 더 무성하게 자라게 한다.
말에는 힘이 있고, 내가 나에게 하는 말에는
나의 인생을 바꿀 수 있는 힘이 있다.

선택 1   선택 2

우리는 종종 잘못된 선택을 내리지만,
인생은 그것을 열린 결말로 남겨둔다.

그리고 그 결말을 쓸 펜을 쥐고 있는 것은 언제나
나 자신이다.

최고 이전에 존재하는 것

최고의 무언가가 되기 위해
노력을 게을리 하지 않으면서도
최초의 무언가가 되는 데에는
선뜻 용기를 내지 않는다.

모두가 힘들게 올라가는,
누구나 알고 있는 산의 꼭대기가 아닌,
홀로 걸어가는 인적 드문 길에,
누구도 모르는 멋진 보물이 숨어 있을 수 있다.

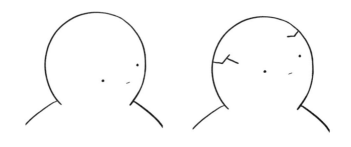

배낭에 마실 물과 비스킷,
그리고 상상력과 용기를 챙기자.
반짝이는 상상력과 직관,
그것을 따를 용기가 있다면
최고의 무언가를 넘어 최초의 무언가가 될 수 있다.

누군가가 만들어놓은 리그에서
안전한 최선을 다할 수도 있지만
내가 새로운 리그를 만들어낼 수도 있는 법.

모든 성실한 '최고'의 이전에는
늘 용기 있는 '최초'가 존재한다.

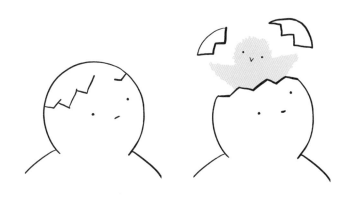

마지막까지 귀여운 인간

간혹,
철이 들지 않는 것과
순수성을 잃지 않는 것을 착각함으로써
철없는 어른이 되기도 한다.

권위 있는 것과
권위적인 것을 착각함으로써
꼰대가 되기도 한다.

여기서 최악의 조합은
철이 들지 않은 권위적인 어른,
바로 철이 없는 꼰대다.

인간은 살아온 시간에 비례하여
저절로 더 나은 인간이 되지 않는다.
일부러 깨달으려 하지 않는다면 철이 들기 어렵고
일부러 고개 숙이지 않는다면 꼰대가 되지 않기 어렵다.

총명하고 청명한 어른이 되기 위해서는
샐러드를 먹는 것처럼, 피부 관리를 하는 것처럼,
운동을 하는 것처럼, 새로운 취미를 가지고 즐기는 것처럼,

마지막까지 귀여운 인간은
어느 누구와도 친구가 될 수 있다.

구체적인 노력이 필요하다.
신경 써서 바른 자세로 고쳐 앉듯
마음을 써서 가질 수 있는 아름다운 태도가 필요하다.

세상을 반짝이는 눈으로 바라보는 호기심,
다른 사람이 나보다 더 나은 생각을 할 수도 있다는 겸손함,
내 목소리를 크게 내기 전에 다른 사람의 말을 먼저 듣는 품위,
누군가를 비꼬는 유머가 아닌 공감이 담긴 유머,
함부로 말을 놓지 않고 함부로 대하지 않는 정중함과 같은
아름다운 삶의 태도들에
오랜 세월 노력해 얻어낸 결실인 삶에 대한 깊은 통찰이 더해진다면
마침내 존경받는 아름드리나무 같은 사람이 될 수 있다.

인간은 태어날 때는 아무 노력 없이도 귀엽지만
마지막까지 귀엽기 위해서는 무수한 노력이 필요하다.
그것이 세월의 값이다.

그리고 마지막까지 귀여운 인간은
그저 할아버지, 할머니가 되는 것이 아니라
어느 누구와도 친구가 될 수 있다.

+ 반대로, 나이가 어리지만 영 귀엽지 않은 인간도 있다.
  철없는 꼰대는 나이와 관계없이 목격된다.
  나도 모르게 불쑥 나오는 내 안의 꼰대를 경계하자.

풍경이 멋진, 미지의 장소에 닿으려면 일단 낯선 길을 헤매야 한다.
이 길이 과연 맞는지 불안과 초조와 동행해야 하고, 둔덕에 걸려 넘
어지거나 갑자기 나타나는 야생 동물, 궂은 날씨와 같은 예상치 못한
상황에 당황할 수도 있다.

당신이 익숙하지만 싫은 무언가를 바꾸려 할 때, 두렵고도 새로운 일
을 시작하거나, 마냥 즐거워 보이는 무언가를 배우고, 낯선 누군가와
친구가 될 때, 그렇게 인생의 더 멋진 부분을 보려 할 때 또한 비슷한
과정을, 감정의 단계를 거쳐야 한다.

두려운 상황뿐 아니라 두려운 마음과 마주해야 하고, 새로운 것에 익
숙해질 때까지 실수를 반복하고, 어색한 시간을 견뎌야 할 수도 있다.

더 큰 행복에는 그렇듯
일시적 불행을 감수할 용기가 필요하다.

그럼에도 멈추지 않는다면, 용기를 가진다면 그 길은, 인생은, 여행객이
아닌 탐험가에게만 보여주는 놀라운 장소로 당신을 안내할 것이다.

내가 진짜 좋아하는 것 대신
'좋아요'가 많은 것을 좋아한다.

앞에 앉은 이의 표정에 답하는 대신
얼굴 모르는 이의 댓글에 답한다.

존경하는 사람의 수 대신
팔로잉하는 사람의 수가 늘었고,

마음으로 깊이 생각하는 대신
손끝으로 쉽게 스크롤한다.

깊은 밤,
오늘을 돌아보는 대신
누군가의 하루를 구경하는 것으로
나의 하루를 마무리한다.

다른 이의 일상이 시시때때로 나의 일상 속으로 들어오면서
내 일상 속에서
내가 진짜 좋아하는 것들,
새로 발견할 수 있는 취미,

누군가를 팔로잉Following 하지 말고
나 자신을 그로잉Growing할 수 있도록.

눈 맞추며 교감하는 대화,
혼자만의 사색,
그것을 통해 나아질 수 있는 내 모습들이
줄어들거나 자취를 감추었다.

버스를 타고 어딘가를 향할 때조차
꼬리를 무는 사색과 엉뚱한 상상으로 다채로웠던 나의 일상이
새글보기, 댓글달기, 좋아요 누르기로 단순해져버렸다.

이제 그만 SNS 화면을 내려다보는 대신
하늘을 충분히 올려다보자.

잃어버린 줄도 모르고 잃어버렸던
소소한 재미, 사색, 즐거운 대화, 나의 새로운 모습
이 모든 것들을 합친 자유라는 것을
다시 찾아보자.

누군가를 팔로잉Following하지 말고
나 자신을 그로잉Growing할 수 있도록.

팔로잉 말고 그로잉 Not Following, Growing

가벼워서 별 해가 없다고 생각되지만 사실은 내게 지속적으로 원치 않는 영향을 미치고 내 시간을 갉아먹는 것들이 있다. 예를 들어, SNS 속 다른 누군가의 반짝이는 겉모습, 한 번 빠지면 나 자신도 잊게 만드는 흥미 위주의 영상 콘텐츠, 쉽게 만들어지고 버려지는 갖가지 유행 아이템 같은 것들이다. 별 의미 없이 팔로잉하지만 결국 나 자신을 잃고 또 잊게 만드는 것에서 벗어나 내 외면과 내면을 그로잉하는 방법은 무엇일까? 나 자신을 자라게 만드는 방법은 다른 누군가가 아닌 내가 가장 잘 알고 있다. 다만 그 방법을 찾기 위해서는 나를 돌아볼 기회와 시간이 필요하다. 바로 지금과 같은.

내가 팔로잉하는 것들, 그러나 언팔 Unfollow이 필요하다고 느끼는 그 무엇

나를 그로잉하는 것들, 소소하지만 내면을 채우고 외면을 빛나게 할 그 무엇

이루어지기 전의 꿈은 타인의 시선을 끌지 않는다.
관심을 갖거나, 인터뷰를 요청하거나, 가장 힘들었던 점이나
앞으로의 계획에 대해 누구도 묻지 않을 것이다.
당신은 가장 응원이 필요한 시점에 아무런 응원을 받지 못할 것이다.

그러나 그로 인해 오히려 당신은 당신 스스로에게 집중할 수 있다.
조용하게 넘어졌다, 다시 일어날 수도 있다.
당신은 외롭고 불안하겠지만
동시에 자유로우며, 자신을 믿는 법을 배우게 될 것이다.
소란스럽지 않게 꿈에 다가가는 즐거움을 배울 것이다.

당신이 꿈을 이룬다면,
세상은 당신에게 환호하고 열광하고 응원을 보낼 것이다.
마치 원래부터 당신 곁에 있었던 것처럼.
처음부터 당신을 알아본 것처럼.
그러나 사람들은 나비가 번데기였다는 사실을,
백조가 미운 오리였다는 사실을 기억하지 못한다.
단지 눈 앞의 나비와 백조에게 감탄할 뿐.

당신이 번데기였던, 미운 오리였던, 그럼에도
묵묵히 변화해온 자신의 모습을 알기에, 그 모습을 기억하기에

지금 더 단단하게 서 있을 수 있다.
환호에 감사하되 집착하지 않고,
환호가 사라져도 가던 길을 홀로 걸을 수 있게 된다.

우리 모두는 자신만의 길을 간다.
그리고 우연히 별빛이 비추었다 사라져도
걸음을 멈추지 않는다면
그것이 진짜 당신이 원하는 길이다.

동백이 아름다워질 때

초침과 분침, 시침이
모두 같은 속도로 움직이려 한다면
시계는 맞는 시간을 가리킬 수 없을 것이다.

개나리, 유채꽃, 코스모스, 동백이
같은 속도로 꽃피우려 한다면
계절은 자기만의 색을 잃을 것이다.

누구에게나 각자의 속도가 있으며
나의 속도가 남의 속도보다 빠르거나 늦는다고 해서
우쭐해하거나 조바심 내지 말 것.

인생은 속도로 결정되는 100미터 달리기가 아니며,
빠른 속도로만 달린다면 우리 앞에 펼쳐진
의미 있는 풍경들을 놓치고 말 것이다.

늦은 계절, 눈 속에서 피기에
동백은 더 아름답다.

인생의 타이밍을 기다리지 말고
인생을 타이밍이라 생각해보자.

이 어마어마한 행운을 깨닫는다면
지금 행복해질 가능성은 더욱 높아진다.

가장 빛나는 길잡이별

1.
당신의 꿈을 방해하는 사람의 말이나 행동 때문에
당신의 꿈을 절대 포기하지 말라.

2.
중요하지 않은 사람을 미워하는 일 때문에
소중한 사람과 사랑할 시간을 낭비하지 말라.

3.
어제의 실패 때문에
오늘의 도전할 수 있는 기회를 버리지 말라.

선인과 악인,
성공과 실패,
행복과 불행,
기쁨과 슬픔은,
번갈아 오는 듯 보이지만
좀 더 긴 시간의 단위로 본다면,
좀 더 먼 거리에서 본다면,
인생에서 늘 공존하는 것들이다.

오늘 지금의 나는 무엇을 바라보고,
무엇을 위해 무엇을 선택하며 살아가느냐 하는 것이다.

그러므로 지금 찾아온 불행에 너무 좌절하거나,
그러므로 지금 찾아온 행운에 너무 들뜰 필요 없다.
일희일비할 필요 없다.

악인 때문에 괴로워하거나
실패로 좌절하고 있거나
슬픔과 불행의 순간에 힘들어하거나,
지금 내가 어떤 순간을 맞이하고 있든
가장 중요한 것은

오늘
지금의 나는
무엇을 바라보고,
무엇을 위해
무엇을 선택하며 살아가느냐 하는 것이다.

바로 그것이
하루나 몇 주일, 혹은 몇 달이 아닌 인생의 단위로 보았을 때,
당신의 삶을 당신이 원하는 방향으로 나아가게 해주는
가장 빛나는 길잡이별이 될 것이다.

셀프가드닝 INDEX

이 책을 읽는 방법은 다양합니다. 처음부터 차례대로 천천히 읽어도, 한 번 빨리 훑고 그다음 천천히 읽어도, 직감적으로 손이 가는 페이지를 순서 없이 골라 읽어도 괜찮습니다. 혹은 마음이 위급한 순간, 당신에게 필요한 산소 호흡기 같은 글을 찾아 읽을 수도 있고, 마음이 배고프거나 심심할 때 4시의 도넛, 냉동실의 초콜릿 같은 글을 꺼내어 허기를 달랠 수도 있습니다. 당신의 마음에 필요한 글을 찾고 싶다면 셀프가드닝 INDEX를 활용해보세요. 혹은 인덱스에 나오지 않더라도 마음의 나침반이 가리키는 글을 찾아보세요.

나라는 식물을 키워보기로 했다

2021년 07월 23일 초판 01쇄 발행
2024년 12월 03일 초판 15쇄 발행

글 김은주
그림 워리 라인스

발행인 이규상   편집인 임현숙
편집장 김은영   콘텐츠사업팀 문지연 강정민 정윤정 원혜윤 윤선애
디자인팀 최희민 두형주
채널 및 제작 관리 이순복   회계팀 김하나

펴낸곳 (주)백도씨
출판등록 제2012-000170호(2007년 6월 22일)
주소 03044 서울시 종로구 효자로7길 23, 3층(통의동 7-33)
전화 02 3443 0311(편집) 02 3012 0117(마케팅)   팩스 02 3012 3010
이메일 book@100doci.com(편집·원고 투고) valva@100doci.com(유통·사업 제휴)
블로그 blog.naver.com/h_bird   인스타그램 @100doci

ISBN 978-89-6833-325-5 03810
© 김은주, 2021, Printed in Korea